Mauro geht

Bibliografische Information der
Deutschen Nationalbibliothek:
Die Deutsche Nationalbibliothek verzeichnet diese
Publikation in der Deutschen Nationalbibliografie;
detaillierte bibliografische Daten sind im Internet
über http://dnb.dnb.de abrufbar.

© 2024 SKRIPT-Verlag – Wolfgang Reif
Oleanderstraße 12 – 41470 Neuss
Tel. 0 21 37/95 27 88
Fax 0 21 37/95 27 83
Lektorat: Stephanie Keunecke
Satz und Layout: Wolfgang Reif

Taschenbuch: ISBN 978-3-928249-37-9
E-Book: ISBN 978-3-928249-38-6
www.skript-verlag.de

Beat Knoll

Mauro geht

Roman

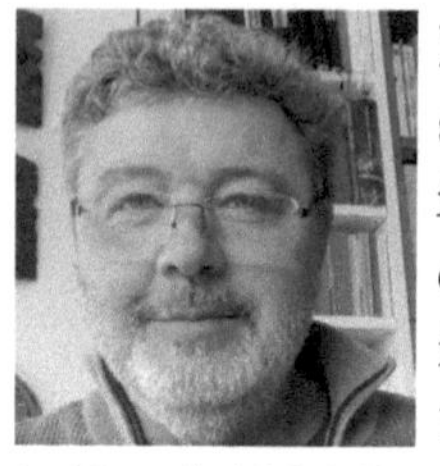 **Beat Knoll**, geboren 1957 in Bern. Grundschule, Gymnasium, Matura. Schauspielstudium in Zürich und Bern. Ab 1979 Engagements an den städtischen Bühnen Nürnberg, Düsseldorfer Schauspielhaus, Residenztheater München. 1981 O. E. Hasse Preis. 1988 Medizinstudium in Basel. 1994 Promotion zum Dr. med. 2000 - 2021 Landarztpraxis Kanton Uri. Heute in Uri und Basel lebend.

Besonders danken möchte ich:
Wolfgang Reif (Skript-Verlag), Stephanie Keunecke, Urs Heinz Aerni, Anja Berger, Conny Vischer (Vicon Verlag), Günther Bucher (Bucher Verlag), Claudia Buholzer, Astrid Kirsten, Katja Ries, Gerda Kummer und natürlich meinem langjährigen Freund Graziano Carnielli. Sie alle waren mehr oder weniger direkt an der Entstehung dieses Buches beteiligt.

ERSTER TEIL

1.

Im Jahre 1960 war Carignano ein verschlafenes Städt-
chen südlich von Turin. Niemand hätte weiter Notiz
von ihm genommen, wäre da nicht sein weit über die
Grenzen der Provinz bekannter barocker Dom gewesen.
Von außen gesehen recht unscheinbar in eine Häuserzeile
eingefügt, liegt seine Besonderheit im Inneren des Baus.
Das Hauptschiff wurde nämlich halbkreisförmig um den
Altar angelegt, wodurch die strenge Frontalausrichtung,
die man in Kirchen gewöhnlich vorfindet, sich in einer
Art Wellenbewegung auflöst. Wer die Kirche betritt, hat
Mühe, sich zu orientieren. Das Auge sucht vergeblich nach
einem Fixpunkt, an dem sich eine Ordnung ableiten lässt,
und verliert sich in den vielen geschwungenen Linien der
Säulengesimse und Seitenkapellen, die um das Zentrum
angelegt sind. Zahlreiche Fachleute aber auch Touristen
kamen und kommen noch heute nach Carignano, um
diese Einzigartigkeit barocker Architektur zu bestaunen.

Auch der Generalvikar der Erzdiözese, Monsignore Pitti,
ein gebildeter Mann um die fünfzig, kam öfter hierher.
Öfter als sein Amt es erforderte. Mit der Begeisterung eines Kenners durchschritt er den Kirchenraum und es war
ihm, als würde er immer neue Details dieser grandiosen
Baukunst entdecken, die er für ein Werk eines göttlich
inspirierten Geistes hielt.

Anstehende Renovationsarbeiten, die er kraft seines
Amtes mit dem hier ansässigen Pater Antonio zu bespre-
chen hatte, führten dazu, dass er in letzter Zeit beinahe
jeden Monat einmal zu Besuch kam. Dabei fuhr er mit
seinem nagelneuen roten Sportwagen vor und stellte ihn

in einer schmalen Seitengasse neben der Kirche auf einem unter Platanen gelegenen, kleinen Parkfeld ab. Dies war die zweite Leidenschaft von Monsignore Pitti: schnelle Autos. Man gestattete ihm diese Grille, denn seine Ernennung zum Kardinal stand kurz bevor. Und da er auf eine aufwendige Renovierung seiner zukünftigen Kardinalsresidenz verzichtete, wollte man ihm diesen für einen Mann der Kirche etwas ungewöhnlichen Wunsch nicht abschlagen. Dass die Farbe seines kleinen Flitzers dem Rot seiner zukünftigen Robe entsprach, war ein weiteres Detail seines Spleens, den er sich umso vorbehaltloser nachsah, je gewissenhafter er in den Belangen seines Amtes unterwegs war.

Carignano liegt am Po. In weit ausladenden Mäandern schlängelt sich dieser gewaltige Fluss durch die Ebene und man wundert sich, woher er das Gefälle nimmt, das ihn in Bewegung hält. Ein Kino gab es zu dieser Zeit in Carignano nicht. Nebst einer neu eröffneten Tanzbar, in der Rock ,n' Roll gespielt und amerikanisches Bier ausgeschenkt wurde, war der Po die Attraktion für die jungen Leute. Seine flachen Ufer waren von Wegen gesäumt, die durch ein dichtes Unterholz führten und zahlreiche verborgene Plätzchen bereithielten. Dorthin konnte man sich verziehen, wenn es darum ging, einen ersten zaghaften Kuss auf die Lippen seiner Angebeteten zu versuchen. Unbeholfen und stürmisch waren sie, diese Übungen. In der Regel gelang es aber der leidenschaftlichen, jugendlichen Unruhe trotz gezierter Abwehr seitens der Dame das Ziel einvernehmlich zu finden. Aber wehe, man wurde dabei erwischt. Von einem Hund vielleicht, der mit seiner Familie während eines Sonntagsspaziergangs neugierig die

Gegend durchschnüffelnd eines dieser Pärchen aufspürte und bellend aufscheuchte! Da nützte es nichts, den verküssten Lippenstift eilends abzuwischen und den Petticoat zu glätten. Man war entdeckt zur Peinlichkeit aller – mit Ausnahme des Hundes.

Mauro war einer dieser jungen Burschen, die man öfter in den Auen des Po-Ufers antraf. Er kam aber nicht mit einem Mädchen, denn er hatte noch keines. Er kam mit Vittorio, seinem besten Freund. Sie waren beide siebzehn Jahre alt und besuchten dieselbe Klasse. Gemeinsam legten sie sich ins Gras, rauchten Zigaretten und träumten von schönen Autos und von schönen Mädchen. Sie malten sich Geschichten aus, Pläne, wie die eine oder andere zu gewinnen sei. Oder sie blätterten in ihrem Automagazin, in dem die neusten Modelle bis in jedes technische Detail besprochen wurden. Sie malten sich aus, wie es wäre, in einem dieser Flitzer zu sitzen und den Rausch der Geschwindigkeit zu erleben.

Vittorio war der Unbeschwerte von ihnen. In seiner leichten Art, das Leben zu betrachten, machte er großen Eindruck auf Mauro. Vittorio hatte, wie er ihm stets versicherte, schon einmal ein Mädchen geküsst. In allen Einzelheiten hatte er ihm geschildert, wie es ihm gelungen war, den anfänglichen Widerstand des Mädchens zu überwinden, um dann am Ende zu spüren, wie groß ihr geheimes Verlangen nach einem Kuss gewesen sein musste. Wie viel davon Fantasie, wie viel Wirklichkeit war, blieb für Mauro ein Rätsel. Vittorio unterschied nicht zwischen Traum und Wirklichkeit. Er lebte in erträumten Welten, in denen vieles möglich war. Seine Familie war für die damalige Zeit erstaunlich liberal. Der Vater, ein Musiker, spielte im Symphonieorchester von Turin die Oboe. Die Mutter war eine studierte Soziologin, die sich für die Rechte der Frauen einsetzte. Vittorio durfte viel und erlaubte sich noch mehr. Sein Schulhemd trug er bis zur Hälfte aufgeknöpft. Die obligate Krawatte ließ er weg. Und er rauchte in aller Öffentlichkeit. Sein braunes Haar war länger als das der anderen Jungs, und wenn er es nicht wie sein Idol Elvis zu einer Tolle frisierte, stand es ihm in alle Richtungen vom Kopf ab. Den Lehrern wollte es nicht gelingen, diesen freien Geist zu bändigen. Auch Gespräche mit den Eltern führten bloß dazu, dass diese ihnen mangelnde Toleranz entgegenhielten und darauf drängten, der Jugend nicht mit unnötiger Strenge zu begegnen. Vittorio war ein begabter Zeichner. Sein Leben war Lachen. Man sah ihn selten schlecht gelaunt. Kaum eine Schulstunde verging, in der er nicht zur Belustigung seiner Kameraden einen seiner Lehrer mit einer flüchtig hingeworfenen Karikatur trefflich zu skizzieren wusste. In einem geheimen Heft, das er immer bei sich trug, zeichnete er die Mädchen seiner Klasse, leicht bis sehr leicht bekleidet und in unzweifelhaften Posen. Dieses Heft zeigte er nur Mauro. Und nur, wenn sie an einem sicheren Ort, wie hier an ihrer Lieblingsstelle am Fluss, waren.

Ganz anders war Mauro. Er kam aus einem strengen Haus. Sein Vater, ein untersetzter Friulaner mit blauen, kalten Augen, gerötetem Gesicht und Halbglatze, war der Comandante der örtlichen Carabinieri. Obwohl sein Einflussgebiet recht bescheiden war und er im Schatten des übermächtigen Turins ein untergeordnetes Dasein fristete, fühlte sich Massimo Garello nach zähem Hochdienen vom einfachen Aspiranten zum Colonello wie ein kleiner

Cäsar. Mitglieder seiner Familie gehörten den berüchtigten Monterosa-Alpini an, die im zweiten Weltkrieg unter Mussolini für die ‚repubblica sociale' gekämpft hatten. Der Stolz auf die Heldenhaften eines großen Italiens lebte in ihm weiter, prägte sein Denken, wenn auch nicht offen ausgesprochen, so doch in seinen cholerischen Ausbrüchen erahnbar, wenn er seine Vorstellung von Ordnung verletzt sah. Mauro war wie sein Vater dunkelblond und hatte ebenso blaue Augen. Und obwohl er schlank und groß war, ertappte er sich immer wieder dabei, wie er vor dem Spiegel im Badezimmer erschrocken nach weiteren Merkmalen fahndete, die ihn an den Vater erinnerten. Er liebte seinen Vater nicht. Er hasste ihn aber auch nicht. Er fand keinen Zugang zu ihm. Gerne hätte er ihn bewundert, zu ihm aufgeschaut. Doch er fand nichts, woran er sich hätte klammern können. Das Militärische war ihm fremd. Die Zeit des Krieges, die in der Niederlage Italiens geendet hatte, erfüllte ihn mit Scham. Er konnte nicht begreifen, dass sein Vater den historischen Irrtum nicht eingestehen und die Zeichen der Zeit erkennen konnte. Krieg war für Mauro die Niederlage des Geistes gegen den Vernichtungswillen, der den Menschen innezuwohnen schien. Diese Überzeugung, gepaart mit seinem Gefühl für Gerechtigkeit, machte jede politische Diskussion mit seinem Vater zunichte. Aber er kämpfte nicht für seine Ansichten. Er distanzierte sich innerlich von ihm, und wenn dieser gedrungene Mensch neben seiner Frau stand, die ihn um beinahe einen ganzen Kopf überragte, bedauerte er ihn beinahe, ihn, der Gefühle nicht zu kennen schien, ihn, der eine explodierende Granate auf seiner Uniform trug, ihn, für den Kunst unbedeutend, Literatur Gewäsch und Philosophie gefährlich war. In seinem Inneren war

Mauro ein schüchterner und verunsicherter junger Mensch. Ihm fehlte das Fundament, auf dem er stehen, von dem aus er in die Welt blicken konnte. Sein kantiges Gesicht mit der langen Nase und den markanten Wangenknochen war nicht schön und nicht hässlich. In der Damenwelt zählte er nicht wie Vittorio zu den Begehrten. Er stand am Anfang eines Lebens, dessen Weg er nicht sah, dessen Wünsche und Sehnsüchte er zwar spürte oder ahnte, aber die er für sich behielt. Vom Vater war die Anerkennung, der er, nicht wissend aber fühlend, so sehr bedurft hätte, nicht zu bekommen.

Seine Mutter war eine stille, dunkle Frau. Sie stammte aus der Campagna und geriet durch Zufall an Mauros Vater. Im Alter von neunzehn Jahren diente sie in der Kantine eines Militärhospitals im Süden des Landes. In dieses Krankenhaus wurde Massimo mit einer schweren Darmerkrankung eingewiesen, nachdem er im Frühjahr 1941 als junger Korporal mit seiner Kompanie zur Verstärkung in diese Gegend versetzt worden war. Ihre raffaelitische Schönheit und dieser stille, nach innen gerichtete Blick ihrer dunkelbraunen Augen veranlassten ihn, ihr nach seiner Genesung auf der Treppe zum Garten, wo sie sich zufällig begegneten, eine Zigarette anzubieten. Sie lehnte lächelnd ab, was den Jagdhund in ihm weckte. Er ließ nicht locker, bis sie einwilligte, mit ihm ins Kino zu gehen. Jetzt saß sie unglücklich und missverstanden in einem vornehmen Haus, das nur mit Unterstützung ihrer wohlhabenden Familie hatte erworben werden können. Sie war weit weg von ihrer geliebten Heimat, umgeben von bescheidenem Luxus, der ihr kein Ersatz für Herzenswärme war. Aber sie hatte ihre Kinder. Mauro, der ältere, war ihr Herzkind. Das Wunder der Natur, das in ihr gewachsen war, das sie mit ihrer Zärtlichkeit aufgezogen hatte, und das nun als kräftiges, junges Leben vor ihr stand, fühlte sie so nah bei sich, als wäre er ein Teil nur von ihr, nicht auch von ihrem Gatten. Ihr streng katholischer Glaube, in dem sie fest verwurzelt war, gestattete ihr nicht, an eine Scheidung auch nur zu denken. Sie sah diesen Mann als ihr Schicksal, als Prüfung, die ihr Gott gesandt hatte. Und da war auch ihre Tochter, die süße, kleine Adriana, die ihr so ähnelte: das schwarze lange Haar, die braunen Augen und das stille Wesen einer zarten Seele. Wie dankbar war sie, dass sie bei keinem ihrer Kinder die Züge des Vaters sah, und sie betete zu ihrem Gott, dass dies so bleiben und sich nicht, wenn sie erwachsen wurden, sein Charakter in ihnen durchsetzen möge. Ach, wenn meinem Mauro nur nichts Schlimmes widerfährt! Das war ihre wiederkehrende, nächtliche Sorge, die ihr den Schlaf raubte, denn das Mannwerden war ihm doch – das fühlte sie ganz deutlich – neben diesem Vater schwer.

Mauro war froh, dass Vittorio ihn zum Freund bestimmt hatte. Er hielt an dieser Freundschaft fest. Sie war etwas Kostbares, das es zu bewahren galt. In ihr erfuhr er die Einzigartigkeit, gemeint zu sein. Und er war bereit, diesem Gefühl einiges zu opfern und nachzugeben, wenn Vittorio Dinge im Kopf hatte, die seinen Vorstellungen entgegenstanden. Sie steckten, wann immer möglich, nach der Schule zusammen und schwelgten in der neuen Musik, dem Rock ‚n' Roll, spielten alle neuen Singles, derer sie habhaft werden konnten, auf dem kleinen Grammofon in Vittorios Zimmer, während dieser seine Skizzen anfertigte. Mauro lebte durch Vittorio und Vittorio lebte von dessen Bewunderung. Sie waren ein ideales Freundespaar: der Darsteller und sein Publikum. Keiner konnte ohne den andern.

2.

An einem Nachmittag, kurz bevor die Schule nach der Mittagspause wieder begann, stürmte Vittorio über den Pausenplatz hinauf ins Klassenzimmer an seinen Platz neben Mauro, der bereits auf seinem Stuhl saß und mit klopfendem Herzen das Erscheinen Aurelias erwartete. Sie war das schönste Mädchen der Klasse und er war, ohne es sich einzugestehen, unsterblich in sie verliebt.

„Du wirst es nicht glauben", redete Vittorio auf ihn ein, „ich habe sie gesehen!"

„Wen?"

„Die schönste Dame, die je unter dieser Sonne lustwandelte."

„Aurelia?"

„Ja, die auch. Aber die meine ich nicht."

In diesem Moment betrat Aurelia die Klasse. Begleitet wurde sie wie gewöhnlich von ihrer besten Freundin Carla, einem unscheinbaren Mädchen mit Brille und zurück gekämmten, fettigen Haaren. In ein lebhaftes Gespräch vertieft, streifte Aurelia mit ihrem umwerfend lasziven Blick die auf sie gerichteten Augen ihres männlichen Publikums, zu dem auch Mauro zählte. Er fuhr zusammen. Mit aufgestützten Armen versuchte er, sich hinter Vittorios Kopf zu verbergen. Sie setzte sich mit einem ihrer Hüftschwünge, der ihren Rock in Rotation versetzte und mehr Bein als erlaubt aufblitzen ließ.

„Lass es. Die ist es nicht wert. Eingebildete Kuh.“

„Wen hast du gesehen?“

„Eine, die auf vier runden, schwarzen Pfoten steht.“

„Nein!“

„Doch!“

„Wo?“

„In einer kleinen Gasse neben dem Dom.“

„Ist die denn schon raus?“

„Sonst stünde sie nicht da.“

„Die muss ich sehen.“

„Na klar musst du das.“

Inzwischen hatte der Lehrer die Klasse betreten und ermahnte die beiden, ihre Konversation einzustellen.

Mauro verstummte und starrte vor sich hin. Vittorio aber sah dem Lehrer direkt in die Augen, warf seinen Kopf in den Nacken und sagte so laut, dass es jeder hören konnte: „Wir haben keine Lust, Ihnen zuzuhören.“

Ein Raunen ging durch die Klasse. Auch Mauro schaute erschrocken zu Vittorio.

„Raus, alle beide.“

Vittorio blickte lächelnd zu Mauro, stand auf und forderte ihn mit einem Kopfnicken auf, ihm zu folgen. Beide verließen das Klassenzimmer. Als Mauro am Pult von Aurelia und Carla vorbeikam, hielt diese ihre Augen niedergeschlagen, während jene ihn durch ihre Brille mit großen Augen ansah. Es war nicht auszumachen, was überwog: Entsetzen oder Bewunderung.

Draußen auf dem Flur schlug sich Vittorio lachend mit der Faust in die Hand: „Was Besseres hätte uns nicht passieren können, komm, ich zeige sie dir.“

Sie verließen das Schulgebäude, überquerten den Hof und liefen durch die Straßen bis zum Dom. Dort verlangsamten sie ihren Schritt und näherten sich der Gasse, in der auf einem kleinen Parkplatz unter einer Platane das Objekt ihrer Bewunderung stand: eine brandneue Giulietta Spider. Sie entsprach exakt dem Modell, das sie vor einem Monat in ihrem Automagazin gesehen hatten. Jetzt stand sie vor ihnen. Was für ein Prachtstück! Elegant wie ein Damenschuh und rot wie die Lippen von Aurelia. Sie standen mit klopfendem Herzen vor ihr und sagten eine Weile nichts.

„Wie wär's?", fragte Vittorio, nachdem beide das Auto mehrmals umkreist, seine glänzende Haut mit den Fingerspitzen berührt und mit ihren Blicken liebkost hatten.

„Was?"

„Kleine Spritztour?"

Es liegt wohl im Wesen der Jugend, sich von einer Idee so heftig in den Bann ziehen zu lassen, dass die Folgen nicht bedacht werden. Im Tunnelblick einer gewünschten Wirklichkeit entstehen so die bahnbrechendsten Erfindungen oder die verheerendsten Katastrophen. Das Schicksal ist nicht neutral. Und so steuerten auch die beiden – unfähig, Gefahr gegen Lust abzuwägen – auf ihr Unglück zu. Ihr beider Unglück ist zu viel gesagt. Es war Mauros Unglück, denn sein Freund Vittorio war mit Unverwundbarkeit gesegnet. Blind lenkte ihn seine lachende Zuversicht durch sämtliche Unwägbarkeiten seines Sonnenlebens, in dem er stets der Sieger zu bleiben schien. Amor vincit omnia.

Anders war es bei Mauro. Er spürte Unsicherheit. Furcht kam bei ihm vor dem Mut. Und dass er sich dennoch zu diesem Abenteuer verleiten ließ, lag daran, dass er seine Freundschaft zu Vittorio nicht gefährden wollte, weil er an dessen Kühnheit teilhaben wollte. Blinde Wut empfand er gegen den großen Stein, der vor seiner Lebenshöhle lag und ihm den freien Blick versperrte. Ihn loszuwerden, und sei es mit fremder Hilfe, war ihm bedeutender, als auf die verhassten Warnungen seines Gewissens zu hören.

Vittorio hatte einen Draht dabei, dessen Ende er zu einer Schlinge bog.

„Aha, du hast vorgesorgt."

„Na klar. Eine Gelegenheit wie diese dürfen wir uns nicht entgehen lassen. Wir tun der Donna doch nichts Böses. Bereit?"

„Bereit."

„Dann stell dich mit dem Rücken zu mir und schau dich um, ob uns jemand sieht."

Vittorio steckte den Draht von oben zwischen die Gummidichtung und die Fensterscheibe und schob ihn geschickt durch mehrmaliges Biegen Richtung Türknopf. Dort angekommen drehte er den Draht so lange, bis er den Knopf zu fassen bekam und mit einem gefühlvollen Ruck nach oben ziehen konnte. Es war geschafft, die Lady war bereit. Sie spreizte ihre beiden Türflügel, so dass Vittorio auf der einen und Mauro auf der anderen Seite schnell und unerkannt in sie hinein gleiten konnten.

Sie saßen tief in den bequemen Ledersitzen. Am Rückspiegel baumelte ein Kreuz und ein Bildchen von Christophorus klebte unterhalb des Radios.

Vittorio hielt den Blick auf den Christusträger gerichtet. „Na, dann kann uns ja nichts passieren", flüsterte der sonst so wortgewandte Junge, dem es angesichts dieser gefährlichen Feierlichkeit beinahe die Sprache verschlagen hätte. Er suchte unter dem Lenkrad nach den beiden Zündkabeln, die er ohne viel Gewalt aus dem Schloss befreien konnte, hielt sie aneinander und startete, nachdem er mit dem Fuß die Kupplung durchgedrückt hatte, den Motor. Was für ein grandioses tiefes Brummen, das Knurren einer gereizten und zum Kampf bereiten Löwin! Die beiden schauten sich begeistert an.

„Mach, dass wir hier wegkommen, bevor uns einer sieht.“

Vittorio setzte den Wagen zurück und verließ den Parkplatz Richtung Hauptstraße, um von dort in südlicher Richtung zum Ausgang der Stadt und auf die SS20 zu gelangen.

Es kam, wie es zu kommen hatte. Als sie die Via Fricchieri hinunterfuhren, um auf die Re Umberto Primo einzubiegen, sah sie der Schuster, der vor seinem Laden stand und sich mit einer Kundin unterhielt. Der Wagen war auffällig genug und der Schuster war ein braver Mann, der sonntags die Messe besuchte und das Kirchenblatt las. Dort war in der letzten Ausgabe ein Bild des Generalvikars Pitti abgebildet gewesen, das ihn mit Pater Antonio neben dem Dom und vor seinem neuen roten Flitzer zeigte. Ihm war sofort klar, dass da etwas nicht stimmen konnte. Mit dem Finger auf den vorbeifahrenden Wagen zeigend verabschiedete er seine Kundin, verschwand in seinem Laden und verständigte die Polizei.

Vittorio ließ den Wagen aufheulen, als sie sich schon ein gutes Stück außerorts auf einer geraden Strecke befanden. Er drückte auf das Gaspedal und gab einen Lustschrei von sich. Mauro beobachtete seinen Freund, der in eine Art Rauschzustand geriet. Vittorio drehte das Radio zu voller Lautstärke auf, fand seinen Lieblingssender und schlug mit beiden Händen den Takt der Musik gegen das Lenkrad, das er immer wieder für kurze Zeit losließ.

Mauro erschrak. Konnte er ihm vertrauen? Beherrschte er den Wagen auch bei dieser hohen Geschwindigkeit? Die Straße verlief schnurgerade zunächst dem Ufer des Po entlang, um weiter vorne nach einer scharfen Rechtskurve, die den Wagen beinahe auf die gegenüberliegende Fahrbahn trug, in ein kleines Waldstück zu münden. Zum Glück gab es nur wenig Gegenverkehr. Auch Mauro wurde von einem ekstatischen Gefühl gepackt. Halb aus Wut, halb aus Furcht brach es aus ihm heraus und er begann, beinahe lauter als Vittorio, zu schreien und zu kreischen.

Plötzlich heulten Sirenen hinter ihnen auf. Zwei Wagen der Polizei überholten den roten Alpha und brachten ihn kurz darauf zum Stehen. Vittorio hielt in einigem Abstand zu den Einsatzwagen an.

„Jetzt sind wir dran", sagte Mauro leise und mit zittriger Stimme.

„Ach. Das wird schon. Nur den Mut nicht verlieren."

Ein Beamter kam langsam auf sie zu.

„Dokumente", rief er scharf. An seinem Gürtel hing ein Funkgerät, aus dem eine Stimme plärrte.

„Ja, wir haben sie", antwortete der Beamte, nachdem er das Gerät in die Hand genommen hatte.

„Also, was ist? Dokumente", wiederholte er an Vittorio gewandt.

Vittorio blickte lachend zu ihm hoch und sagte unbeschwert: „Hab ich nicht."

„Aussteigen und mitkommen."

Sie kletterten aus dem Auto und wurden zu einem der Polizeiwagen geführt. Man fuhr sie nach Carignano zurück und brachte sie auf die Wache. Es waren nicht die Carabinieri, von denen sie gestoppt worden waren, sondern es war die örtliche Polizei. Die Beamten sahen sich jedoch verpflichtet, nachdem in einem kurzen Verhör die Personalien der Delinquenten festgestellt worden waren, eine Meldung des Vorfalls dorthin weiterzuleiten. Die Giulietta des Generalvikars wurde von einem Techniker in der Werksgarage untersucht und, nachdem nebst den herausgezogenen Zündkabeln kein weiterer Schaden festzustellen war, dem rechtmäßigen Besitzer zurückgegeben. Der Generalvikar bestand darauf, mit den beiden jungen Leuten ein Gespräch zu führen und so hatten Mauro und Vittorio auf der Wache zu warten, bis er erschien. Der große, schlanke, an seinen Schläfen ergraute Mann betrat leise den Raum. Er schaute die beiden vor ihm sitzenden Burschen lange mit ruhigem Blick an und es schien, als würde ein leises Lächeln um seinen Mund spielen.

„Ihr habt also Freude an schönen und schnellen Autos. Das kann ich verstehen, sehr gut sogar", sagte er wohlwollend und nickte dabei, „denn auch ich empfinde Freude an diesen großartigen Erzeugnissen unserer heutigen Technik."

Mauro blickte starr vor sich hin. In seinem Inneren tobte wieder ein Kampf. Er hatte versagt, Mist gebaut, auf der ganzen Linie enttäuscht, aber er sperrte sich trotzig gegen Scham und Reue. Er wollte nichts hören, schon gar nicht diese scheinbar sanfte und verständnisvolle Tour, hinter der er eine Falle vermutete. Vittorio dagegen schaute lächelnd ins Gesicht des Generalvikars und nickte mit einem Schulterzucken. Eine leichte Röte huschte über seine Wangen. Er schämte sich, ein wenig.

„Ich will euch sagen, was ich mit euch machen werde", sagte der Generalvikar nach einer Pause, in der er die beiden nicht aus den Augen gelassen hatte: „Ich werde euch vergeben. Ja, ich vergebe euch. Ihr habt nichts weiter zu befürchten. Jedenfalls nicht von mir."

Damit stand er auf, trat hinter sie und legte den beiden seine warmen Hände auf die Schultern. „Nur eines wünsche ich mir von euch. Betet ab jetzt jede Woche einmal drei Vaterunser und denkt dabei an mich und unseren Herrn Jesus Christus, der uns, mich eingeschlossen, alle unsere Sünden durch seinen Opfertod sogar schon vergeben hat, bevor wir sie begangen haben." Damit entfernte er sich ebenso leise aus dem Raum, wie er gekommen war.

Vittorio schaute nach einer Weile zu Mauro hinüber. Ein breites Lächeln zeigte sich auf seinem Gesicht und er fasste Mauro kameradschaftlich am Nacken: „Na, was hab ich gesagt? Schwein gehabt!"

Die beiden wurden, dafür hatte der Generalvikar gesorgt, ohne Anklage und ohne Strafverfahren entlassen. Die begangene Straftat konnte ihrer Minderjährigkeit wegen auf dem kleinen Dienstweg über ihre Eltern mittels Auferlegung einer Ordnungsbuße erledigt werden.

3.

Für Vittorio hatte der Vorfall keine Folgen. In freundlichem Ton wurde er von seinen Eltern gebeten, Stellung zu nehmen. Er berichtete, er bereute, er lachte. Der Vater bot ihm ein Bier an und schaute zwinkernd zu seiner Frau. „Der Wagen des Generalvikars, nicht schlecht! Der Junge hat was drauf." An seinen Sohn gewandt sagte er: „Aber bitte, nicht nochmal so etwas, sonst fliege ich am Ende noch aus dem Orchester, das wäre dann nicht mehr so spaßig, ja?" Damit war die Sache erledigt.

Ganz anders lief es bei Mauro. Von der Polizeiwache

aus waren sie zusammen zurück ins Zentrum gegangen. Mauro hatte wenig gesagt. Die aufmunternden Worte Vittorios waren an ihm abgeprallt. Sie hatten sich an der Bushaltestelle verabschiedet.

„Kopf nicht hängen lassen, he, Mauro, ist doch eigentlich nichts passiert."

„Mein Alter ist Chef der Carabinieri. Kannst du dir vorstellen, was das bedeutet?"

„Ach komm", hatte Vittorio entgegnet, während er den herangefahrenen Bus bestiegen hatte, „wir sehen uns morgen in der Schule. Wenn es dir hilft, nehme ich die Sache auf mich. Sag deinem Alten, ich hätte dich dazu angestiftet. Ich geh auch für dich in den Knast, wenn es sein muss. Wird nicht so schlimm sein, glaub mir."

Es wurde schlimm. Nachdem Mauro noch eine Weile wie die Katze um den heißen Brei in der Stadt herumgeschlichen war, überwand er sich und ging nach Hause. Als er das Haus betrat, begegnete ihm Maria, das Hausmädchen, das ihn sorgenvoll ansah. Das Haus war eigenartig still.

„Ist der Capo schon zuhause?", fragte Mauro mit gedämpfter Stimme. Sie nickte nur und setzte ihren Weg ins Esszimmer fort, wo sie den Tisch fürs Abendessen herrichtete. Mauro verzog sich eilig nach oben, drehte das Radio auf und warf sich auf sein Bett. Mit den Armen unter dem Kopf lag er da und starrte zur Zimmerdecke. Der Gong wurde geschlagen. Mauro blieb liegen. Er hatte keinen Appetit. Er wusste, dass er da hinunter, dass er das Kommende über sich ergehen lassen musste, aber jetzt noch nicht, noch ist Zeit, dachte er, noch diesen Song zu Ende hören, der ihm mit seinem „Non mi vedi rovinare, oh, no, no, no, no, no. Aurelia, Aurelia, Aurelia, ti voglio piu' presto sposar" aus dem Herzen sprach und dessen Text er schon immer auf seine Angebetete umgeschrieben hatte.

„Willst du nicht runterkommen, Rowdy?" Adriana steckte ihren Kopf durch die Tür und warf ihrem Bruder einen liebevollen Blick zu.

„Wie oft muss ich dir noch sagen, dass du anklopfen sollst?"

„Sei nicht so streng. Nicht nachdem, was heute vorgefallen ist."

Also wussten schon alle Bescheid. Widerwillig stand er auf, sammelte sich kurz und ging mit kalter Miene nach unten ins Esszimmer, wo alle versammelt auf ihren Plätzen saßen.

Niemand sprach ein Wort. Der Vater saß Mauro gegenüber. Er legte die Zeitung weg, als sein Sohn erschien. Sein kühler, gleichgültiger Blick war nicht zu deuten. Links neben ihm, an der Längsseite des Tisches, saß seine Frau. Eine tiefe Sorgenfalte hatte sich auf ihrer Stirne gebildet. Ihre Augen schauten ihren Sohn zärtlich an. Adriana hatte ihren Platz der Mutter gegenüber. Sie sah nur kurz zu ihrem Bruder hoch, dann starrte sie auf ihren Teller. Maria, die mit den Armen auf dem Rücken neben dem Hausherrn stand, fragte in die peinliche Stille hinein, ob sie auftragen dürfe.

„Aber mit Vergnügen, Maria, wir lassen uns doch von so einem da den Appetit nicht verderben."

Mit einem Knicks entfernte sie sich und trug den ersten Gang auf. Wie immer verrichtete die Mutter ein kurzes stilles Gebet und schlug das Kreuz vor ihrer Brust, bevor sie zu essen begann. Mauro lehnte sich in seinem Stuhl zurück, stierte vor sich hin und rührte lustlos mit dem Löffel in seiner Suppe. Das einzige Geräusch, das zu hören war,

war das Klappern der Löffel in den Tellern der andern.

„Na los, mach schon, dann haben wir es hinter uns", stieß Mauro zwischen den Zähnen seinem Vater über den Tisch hinweg entgegen.

„Mauro, bitte, dieser Ton scheint mir nicht angebracht", wies die Mutter ihren Sohn zurecht.

„Aber ich bitte dich, Sofia", entgegnete der Vater, ohne von seinem Teller aufzublicken, „das ist doch wunderbar gesagt. Es zeigt uns einmal mehr und in aller Deutlichkeit, was dein Sohn für einer ist."

Als Maria damit begann, die Teller abzuräumen, machte Mauro Anstalten aufzustehen.

„Du bleibst hier", schrie der Vater so laut über den Tisch, dass alle erschraken und Maria beinahe die Teller hätte fallen lassen. Und dann wieder in süßlichem Ton an Maria gewandt: „Bitte tragen Sie uns doch den zweiten Gang auf."

Mauro, der sich schon halb erhoben hatte, ließ sich wieder auf seinen Stuhl fallen. Er rührte das Essen, das ihm Maria vorsetzte, nicht an. Stattdessen starrte er auf das Bild an der Wand, das Papst Johannes XIII. zeigte. Für den Rest der Mahlzeit wurde geschwiegen.

Als Maria nach dem Essen den Tisch in Ordnung gebracht hatte, fragte Adriana, ob sie auf ihr Zimmer gehen könne. Einen Zahnstocher im Mund hin und her drehend, antwortete ihr der Vater mit einem Schnalzlaut und einem Kopfnicken. Sie erhob sich erleichtert und verließ den Raum. Wieder sprach lange Zeit niemand ein Wort. Der Vater nahm die Zeitung in die Hand und faltete sie sorgfältig zusammen. Kaum hörbar begann er zu sprechen: „Du bist dir hoffentlich dessen bewusst, in was für eine peinliche Situation du nicht nur mich, sondern deine ganze Familie heute gebracht hast. Ich muss schon sagen, es gehört Mut dazu, wenn der Sohn des Polizeichefs den Wagen des Generalvikars knackt."

„Wir wussten nicht, dass der Wagen …"

„Du bist jetzt ganz schnell still. Verstanden? Ganz still. Ich will nichts von dir hören. Gar nichts", herrschte ihn der Vater an. Und nach einer kurzen Pause, in der er seine Beherrschung wiedergefunden hatte, fuhr er fort:

„Ja, ganz schön viel Mut gehört dazu, die Ehre deiner Familie dem Gespött des gemeinen Volks, den Schwatzhaften und den Neidern preiszugeben." Er schaute zu seiner Frau und legte ihr zärtlich seine kurzfingrige Hand auf ihren Arm, bevor er in gefasstem und kaltem Ton weitersprach: „Wir haben dich mit unserer Liebe großgezogen. Du bist mein männlicher Nachkomme, warst bis zum heutigen Tag mein Stolz und meine Freude. Bis zum heutigen Tag. Ja. Das ist nun vorbei. Du hast Schande über die Familie Garello gebracht. Schande. Wie ich sehe, scheint es dir nichts auszumachen. Es scheint dich zu belustigen. Soll ich dir sagen, was du für mich bist? Du bist der Dreck an meinen Schuhen, den ich abstreife."

„Massimo, bitte, sprich nicht so, das kann ich nicht ertragen", unterbrach ihn seine Frau.

„Siehst du, sie hält zu dir. Wie sie es immer getan hat. Sie wirft sich wie eine Wölfin schützend vor ihr verwöhntes Baby. Aber ich sag euch eines, solange ich das Sagen habe, herrscht hier Zucht und Disziplin."

Nach einer Pause fuhr er fort: „Und? Hast du nichts zu deiner Verteidigung vorzubringen?"

„Nein", antwortete Mauro, ohne seinen Vater anzusehen.

„Gut. Wie du meinst. Das passt genau ins Bild, das ich von dir habe. Was denkst du denn, was ich jetzt mit einem wie dir machen soll? Nein, machen muss, um die Ehre unserer Familie wiederherzustellen? Ich werde es dir sagen: Du wirst dieses Haus verlassen."

Mauro und die Mutter sahen erschrocken auf.

„Was soll das heißen, Massimo?", fragte sie mit aufgerissenen Augen.

„Was das heißen soll? Er wird gehen. So einen können wir hier nicht dulden. Weder in der Familie noch in der Stadt."

„Wohin soll er denn gehen?"

„Wohin? Ich schicke ihn nach Deutschland. Zu meinem Bruder Paolo."

„Aber ich bin doch noch nicht fertig mit der Schule", warf Mauro mit Entsetzen ein, „das kannst du nicht machen!"

„Und ob ich das kann. Du hast deine obligatorische Schulzeit hinter dir. Das Gymnasium war ein Luxus, dem du, wie man sieht, in keinster Weise gerecht wirst. Also ist Schluss damit. Raus in die Welt, in der du dich bewähren kannst. Es wäre ein Hohn, so einen wie dich auf Staatskosten auch noch studieren zu lassen. Mein Entschluss steht fest."

„Aber was soll er denn bei Paolo? Er kann doch kein Wort Deutsch!"

„Dann wird er es lernen. Und nicht nur das. Arbeiten soll er. Nicht mehr seine Zeit mit Latein und Philosophie vertrödeln, sondern endlich einmal etwas leisten. Und wer wäre da geeigneter als mein Bruder. Der weiß, was arbeiten heißt. Paolo hat sich meinen Respekt verdient, als er loszog und in der Fremde sein Geschäft eröffnete. Er hat sich von ganz unten nach oben gearbeitet. Da wird diese Missgeburt vielleicht endlich einmal lernen, was es heißt, zu arbeiten und etwas zu leisten, anstatt sich hier verhätscheln und bedienen zu lassen."

Mauro kämpfte mit den Tränen. Er stand hastig auf und verließ das Esszimmer.

„Mauro, bleib!", rief ihm seine Mutter vergeblich hinterher. Draußen stand Maria, die, was sonst nicht ihre Art war, gelauscht hatte. Als er die Tränen in ihren Augen sah, konnte er die seinen nicht mehr zurückhalten. Wie ein geprügelter Hund stieg er die Treppe hoch.

Im Esszimmer saß der Vater immer noch auf seinem Stuhl. Er nahm die Zeitung zur Hand, blätterte sie auf und wies Maria an, sie solle den Kaffee servieren. Die Mutter hatte sich erhoben. Sie stand dem Papstbild zugewandt da. Leise sagte sie zu ihrem Mann: „Du machst einen Fehler, Massimo. Das wird der Junge nicht durchstehen. Ich kenne ihn. Er wird daran zugrunde gehen."

„Ach, das ist doch dummes Zeug. Es wird ihn stark machen. Und wenn er zugrunde geht, dann war er es nicht wert."

„Was bist du für ein Scheusal geworden."

„Ich? Du sprichst allen Ernstes von mir?"

Maria brachte den Kaffee.

4.

Der Frühling ging zu Ende, die heißen Tage standen vor der Tür. Die beiden Jungen saßen an ihrer Lieblingsstelle am Ufer des Po. Es war ihr letzter Nachmittag. Am nächsten Morgen würde Mauro seine große Reise in die Verbannung antreten. Noch einmal sprangen sie ins kühlende Wasser ihres großen Flusses, der ihre erhitzten Körper besänftigte und erfrischte. Noch einmal lagen sie nebeneinander im Gras, schauten in den Himmel über ihnen, die Wolken zu weiblichen Rundungen fantasierend und sich die Unverbrüchlichkeit ihrer Freundschaft beteuernd.

„Ich werde dich besuchen", versprach Vittorio, „und wenn ich ein berühmter Maler bin, wirst du in den großen Zeitungen Hymnen über mich schreiben. In einem Jahr bist du zurück."

„Wenn es stimmt, was er gesagt hat, und ich in einem Jahr wieder zurückkehren darf", murmelte Mauro vor sich hin.

„Dann wirst du die Schule zu Ende machen. Dann wirst du dein Studium als Journalist beginnen und viele großartige Artikel schreiben, über mich, über die Filmstars und über alle neuen Autos, die Italien noch bauen wird."

„Und du? Du wirst Aurelia heiraten und viele Kinder haben."

„Vergiss es. Sie hat einen schönen Hintern, den kann ihr niemand nehmen. Aber ein bürgerliches Leben ist nichts für mich. Ich werde an die Kunstakademie in Mailand gehen. Ich werde großartige Gemälde schaffen, berühmt werden und sehr viel Geld verdienen."

„Mal sehen."

„Ich zähle auf dich. Jeder große Künstler braucht ein

Sprachrohr, damit man auf ihn aufmerksam wird."

„Ich habe keine Lust auf Deutschland. In den Deutschen steckt Hitler doch noch ebenso tief drin wie Mussolini in meinem Alten."

„Vielleicht triffst du die Frau deines Lebens. Eine blonde Schönheit mit blauen Augen und großen Brüsten. Dann wirst du mich und dein Carignano vergessen und im Teutoburger Wald ein Lebkuchenhaus mit einem Garten voller Kartoffeln und Runkelrüben haben."

Mauro musste lachen. „Du spinnst."

„Hier, einsamer Söldner, der in die Fremde zieht, das schenk ich dir." Er zog sein geheimes Skizzenheft aus der Tasche und überreichte es Mauro. „Damit du mich nicht vergisst. Und gut aufbewahren, denn wenn ich ein berühmter Maler bin, wird es eine Kostbarkeit sein, um die sich die Leute reißen werden."

Die beiden sahen sich nie wieder.

Als Mauro nach Hause kam, stand Aurelia an der Mauer neben dem eisernen Tor.

„Du?"

„Ciao, Mauro", sprach sie ihn freundlich an und schlug die Augen nieder.

„Was willst du?"

„Ich weiß, ich war nicht immer nett zu dir. Aber dass du jetzt gehen musst, tut uns allen leid. Alle finden die Strafe zu hart."

Mauro konnte nichts sagen. Er schaute zu Boden.

„Hier. Das soll ich dir von Carla geben." Sie entnahm ihrer Handtasche ein dickes Buch und reichte es ihm.

„Sie sagte, wenn du jeden Tag nur drei Seiten liest, bist

du wieder hier, wenn du es beendet hast."

„Danke." Er nahm das Buch und berührte dabei kurz den Spitzenhandschuh, den sie trug.

„Ja, dann …"

„Ja und ich, ich möchte dir das hier geben." Sie fasste sich ins Haar und löste die blaue Schleife, mit der es zusammengehalten wurde. Sie nahm seine Hand, öffnete sie und legte die Schleife hinein. Dann sah sie zu ihm auf. Ihre Augen glänzten feucht und sie sagte schnell: „Pass auf dich auf und vergiss uns nicht."

Sie drückte ihm einen Kuss auf die Wange und rannte davon.

Mauro stand wie angewurzelt da und sah ihr nach. Nur das Klappern ihrer Absätze war, nachdem sie seinem Blick entschwunden war, noch eine Weile lang zu hören.

Auch Aurelia sah er nie wieder.

Der nächste Tag kam und mit ihm das Unausweichliche. Mauro stand in seinem Zimmer. Noch einmal schaute er sich um. Die Plakate an der Wand, Elvis in verschiedenen Posen, Juventus Turin, der Fußballclub, von dem er jeden Spieler mit Namen kannte, ein Poster von Gina Lollobrigida als Königin von Saba, seine Comic-Hefte im Regal, der kleine silberne Pokal, den er als Mitglied der Juniorenfußballmannschaft vor zwei Jahren gewonnen hatte. Seine Kindheit hing hier an den Wänden und atmete aus jedem Winkel seines Zimmers. Er war zum Abschied bereit. Jetzt wollte er sich dieser fremden Welt stellen und stark sein. Alle Gefühle des Selbstmitleids verbot er sich. Dem Vater war er seither, so gut es ging, aus dem Weg gegangen. Er sprach kein Wort mehr mit ihm. Und war ihm trotzdem etwas mitzuteilen, ließ er es ihm über Maria oder Adriana ausrichten. Er hatte mit ihm abgeschlossen. Obwohl er nicht den geringsten Versuch zeigte, das Urteil über seinen Sohn zu revidieren, schien es Massimo Garello etwas auszumachen, dass ihn sein Sohn wie Luft behandelte. Er hatte es mit Gewalt versucht, ihn zur Rede gestellt, ihn gepackt und angeschrien, er solle seinem Vater gefälligst Respekt zollen. Vergeblich, Mauro hatte es über sich ergehen lassen, sich auf dem Absatz umgedreht und war gegangen. Seiner Mutter gegenüber war Mauro kühl. Er verstand sie nicht mehr. Dass sie nicht den Mut hatte, für ihn einzustehen, verbitterte ihn. Aber er brauchte niemanden mehr, er fühlte sich allein und das war gut so. Einzig seiner Schwester gegenüber blieb er zart. Er liebte sie. Wenn sie zu ihm auf sein Zimmer kam, sprachen sie über die Eltern und versuchten, eine Erklärung für all das Vorgefallene, für die Strafe und den Entzug zu finden. Mauro versuchte sogar, den Vater gegen seine Überzeugung vor ihr zu verteidigen, denn sie musste hier weiterleben und sie durfte nicht unter die Räder kommen. Seine kleine Schwester! Und als Adriana sich weinend bei ihm beklagte, dass er sie im Stich lasse, nahm er sie in die Arme und versprach, ihr zu schreiben, sooft er könne. Sie könne ihn doch auch jederzeit per Telefon erreichen, wenn sie nicht mehr weiter wisse.

Sie tat es nie.

Ein letztes Mal durchsuchte er seinen Koffer und sah nach, ob er alles, was ihm wichtig war, eingepackt hatte. Das blaue Band von Aurelia legte er zwischen seine Hemden, Carlas Buch ganz oben drauf, damit er es schnell zur Hand hatte. Es war ‚*Krieg und Frieden*‘, ein Buch, von dem er noch nie gehört hatte und das über tausend Seiten dick war. Dann klappte er den Koffer zu, zog seine Jacke an und verließ sein Zimmer, ohne sich noch einmal umzuschauen.

Unten im Flur stand Maria. Sie hatte einen Beutel in der Hand, den sie Mauro reichte. „Ein bisschen was zu essen, damit du nicht verhungerst auf deiner langen Reise.“ Mit ihren kräftigen Armen umarmte sie ihn und flüsterte ihm ins Ohr: „Lass es dir gut gehen. Ich liebe dich als wärst du mein eigener Sohn.“

Massimo Garello stand oben am Fenster und schaute in den Hof. Er sah seine Frau, wie sie in ihrem Lancia wartete. Seit dem denkwürdigen Abend schlief sie in einem eigenen Zimmer. Ihr Mann nahm es gelassen. Frauen haben ihre Launen, dachte er. Das wird sich, wenn der Kerl dann endlich weg ist, von ganz allein wieder geben.

Er täuschte sich. Sofia fand nie mehr zurück zu ihm.

Als sein Sohn aus dem Haus trat und sich ein letztes Mal zum Haus umdrehte, zog er schnell den Vorhang zu.

Sofia Garello hatte die ganze Nacht wachgelegen und geweint. Dass sie ihren geliebten Mauro ziehen lassen musste, brach ihr fast das Herz.

Auf der Fahrt zum Bahnhof von Turin sprachen sie, die Mutter und ihr Sohn, kein Wort miteinander. Erst als sie vor dem Bahnhof ankamen und der Motor aus war, wandte sich Sofia an Mauro und überreichte ihm zwei Briefumschläge: „Hier, mein Sohn, ist ein Brief an dich, den ich letzte Nacht geschrieben habe. Und da ist Geld, das du brauchen wirst, und die Fahrkarte nach München, wo dich deine Tante morgen Mittag abholen wird. Nimm auch das hier und trage es immer bei dir, es soll dich vor dem Schlimmsten bewahren." Sie überreichte ihm ein goldenes Kreuz an einem Kettchen. „Wenn du den Brief gelesen hast, wirst du vielleicht besser verstehen, wer ich bin und was ich kann und was nicht."

Sie zog sich ihre feinen Lederhandschuhe aus und nahm Mauros Kopf in beide Hände. Sie schauten sich lange an. Dann küsste sie ihn auf die Stirn. „Geh jetzt, sonst zerbreche ich."

Mauro stand neben dem Wagen und sah zu, wie seine Mutter aus der Parklücke fuhr. Sie schaute nicht zurück.

5.

Das Auto der Mutter verlor sich im Turiner Stadtverkehr. Mauro stand einen Moment verloren herum. Dann wandte er sich der mächtigen Rundbogenfassade der Bahnhofshalle zu. Mit jedem Schritt fühlte er sich leichter. Das Band war durchschnitten. Er lebte. Er war allein. Zum ersten Mal in seinem Leben fühlte er sich frei. Gelöst von seiner bisherigen Welt, durchschritt er die Halle. Ein mächtiger Raum tat sich über ihm auf. Er kaufte sich eine Packung Lucky Strike. Auf der Anzeigetafel stand in gelben Lettern, auf welchem Bahnsteig sein Zug nach Mailand fuhr. Um neunzehn Uhr sollte er dort ankommen.

Den Koffer in der Hand und Marias Beutel über der

Schulter ging er zum Bahnsteig und setzte sich im schon bereitstehenden Zug in das Abteil, in dem ein Sitzplatz für ihn reserviert war. Er hatte einen Fensterplatz. Ihm gegenüber saß ein Priester. Er las in einem kleinen schwarzen Buch, aus dem er mit einem süßlichen Lächeln zu ihm hochnickte, als Mauro seinen Koffer in die Ablage hob. Neben ihm nahm eine dicke Frau mit ihrem behinderten Sohn Platz. Sie fing sofort an, aus einer braunen Papiertüte Kekse heraus zu wühlen, die sie ihrem Sohn hinstreckte. Der Speichel lief ihm aus dem Mund, als er sich mit unverständlichen Lauten und verdreht zuckendem Kopf bei ihr bedankte. Auch dem Pater und Mauro bot sie welche an. Der Pater zögerte ein wenig, konnte dann aber nicht widerstehen. Er nahm die Gabe übertrieben dankend entgegen, als wäre es eine Hostie. Mauro lehnte ab.

Er schaute aus dem Fenster, als sich der Zug in Bewegung setzte. Eine seltsame Anspannung erfasste ihn. Jetzt gab es kein Zurück mehr. Mit lautem Geräusch klapperten die Räder über die Lücken zwischen den Schienen. Immer schneller wurde die Fahrt. Die tristen Gebäude um den Bahnhof herum glitten an ihm vorbei. Ein pinkelnder Hund stand auf einem Abstellgleis. Im dritten Stock eines Hauses stand an einem Fenster eine alte Frau mit dicker Brille. Sie hatte ihre Arme auf ein Kissen gestützt und schaute den Zügen nach.

Die Frau, die neben Mauro saß, war so dick, dass sie mehr als ihren Platz beanspruchte. Ihr Schenkel berührte Mauros Bein. Er versuchte, sich in seine Ecke zu drücken, um der Berührung auszuweichen.

„Keine Angst, mein Sohn, ich beiße nicht. Nicht mehr." Dabei lachte sie übermäßig laut. „Das war einmal." Sie beugte sich zu ihrem Sohn und versuchte, ihm den Speichel von Mund und Hemd zu wischen.

„Wir fahren nur bis Novara. Wissen Sie", sagte sie in die Stille hinein, „ich bringe unseren kleinen Ricco in sein Heim zurück. Es ist nicht leicht mit ihm, verstehen Sie, nicht leicht. Aber wir lieben ihn, den kleinen Ricco, nicht wahr Ricco, wir lieben dich, dein Papa, deine Mama und deine Schwester Francesca lieben dich. Die Ärzte konnten nichts tun, eine Krankheit der Nerven, sagten sie. Seit der Geburt ist er so. Eine schwere Geburt. Es war die erste. Wir hatten großes Glück, dass wir den Platz im Heim bekommen haben. Dank unserem großartigen Doktor, dem Professore Carnielli von der Universität. Er hat ihn seinen Studenten gezeigt, nicht wahr, Ricco, mein Süßer, du warst bei den Studenten. Sie haben ihn untersucht und seine Krankheit studiert. Das war schon was, als ich unseren Ricco in die großen Hallen der Universität geführt habe. Zu den wichtigen Herren. Das war schon was. Ein Gefühl wie in einer Kirche. Und dann in dem Raum, wo die Studenten saßen; wie im Theater. Ja und dann hat der Professore Carnielli dafür gesorgt, dass er in das Heim kommt. Damit sie ihn dort noch besser behandeln und studieren können. Ja und so fahren wir jetzt zurück, nicht wahr Ricco, wir fahren zurück in dein schönes Zimmer. Er versteht leider nicht, was ich sage. Und sprechen kann er auch nicht. Nur diese Laute kann er von sich geben. Aber er spürt, dass wir ihn lieben, nicht wahr, Ricco? Das spürst du doch, dass wir dich lieben."

„Sie tun ein großes Werk, liebe Frau", meldete sich der Pater, der durch die Rede der Frau in seiner Lektüre endgültig unterbrochen wurde. Er legte sein Buch, ihrem Redebedürfnis folgend, auf seine Robe und ließ sich von ihr in ein langes Gespräch über die göttliche Vorsehung, den weisen Ratschluss und das uns auferlegte Schicksal, dem es kein Entrinnen gebe, hineinziehen. Sie knüllte die Tüte zusammen, verstaute sie in ihrer Tasche und konzentrierte sich ganz auf die Worte des heiligen Mannes. Helle Kekskrümel lagen auf ihrem schwarzen Kleid, als wären es die Sterne am Firmament. Mit einer Handbewegung beförderte sie sie auf den Boden des Abteils.

Mauro hätte gerne den Brief seiner Mutter gelesen. Aber ihn jetzt unter den Augen dieser Anwesenden herausholen, wollte er nicht. Am Ende hätte die Frau ihn darauf angesprochen. Das rhythmische Rattern der Räder und die weiche Stimme des Paters, die mehr und mehr den Tonfall einer Predigt annahm, ermüdeten ihn so sehr, dass er sich des nahenden Schlummers nicht mehr erwehren konnte.

Aus dem Rattern der Räder wurden Glockenschläge des Doms von Carignano. Er sah aus wie eine trutzige Burgruine. Das Dach fehlte. Auch die Fenster waren nicht mehr da. Eine gewaltige Kanzel stand in der Mitte, dort, wo sonst der Altar war. Der Generalvikar, ein beleibter Mann in roter Robe und mit weißem Bart, stieg würdevoll die Stufen hinauf. Er rief laut Mauros Name und blickte zum offenen Himmel. Etwas wurde nass. Mauro sah an sich herunter und bemerkte, dass er sich in die Hose gemacht hatte. Ganze Bäche flossen aus ihm heraus, ohne dass er es zurückhalten konnte. Die Leute drehten ihre Köpfe zu ihm um. Sie begannen zu lachen. Schallendes Gelächter hallte durch die Kirche und am lautesten lachte der Generalvikar. Man zupfte an Mauro herum. Man drängte ihn weg. Nach vorne zur Kanzel sollte er geschoben werden. Zu einem Tribunal. Immer stärker wurden das Zupfen und Zerren an seinem weißen Hemd.

„Junger Mann, wir kommen nach Novara“, sagte die dicke Frau und zupfte leicht an seinem Hemd. „Müssen Sie vielleicht auch hier aussteigen? Ich wollte nur nicht, dass Sie Ihre Station verpassen.“

Mauro schaute sie verwirrt an.

„Danke, nein, ich fahre nach Mailand.“

„Ja, dann ist es gut. Stellen Sie sich vor, wie dumm es gewesen wäre, wenn ich Sie nicht geweckt hätte und Sie wären einfach weitergefahren, obwohl Sie hier hätten aussteigen müssen.“

„Jaja, danke.“

„Also wir steigen jetzt auf alle Fälle hier aus, nicht wahr, mein armer, kleiner Ricco? Mama bringt dich nämlich ins Heim, in dein schönes kleines Heimchen. Komm, steh auf und mach dich bereit.“

Sie stand auf und drehte ihren dicken Hintern in die Richtung, in der Mauro saß. Dann nahm sie eine Sporttasche aus rotem Kunstleder aus der Gepäckablage und schob ihren Sohn aus der Abteiltür.

„Auf Wiedersehen, junger Mann. Bleiben Sie gesund.“

Auch der Priester machte Anstalten auszusteigen, nahm sein kleines schwarzes Buch und umklammerte es mit angewinkeltem Arm, als enthielte es eine unschätzbare Kostbarkeit. Er nickte Mauro grüßend zu. Dieser nahm den Gruß nur am Rande wahr. Er nickte knapp zurück, während er durch das Fenster auf den Bahnsteig schaute.

Als sich der Zug wieder in Bewegung setzte, hatten keine weiteren Leute in seinem Abteil Platz genommen. Er holte den Brief seiner Mutter aus der Brusttasche und faltete ihn auseinander.

Mein geliebter Sohn,

*ich weiß, dass es dir schwer ist, mich zu verstehen. Ich
bin dir eine Erklärung schuldig, damit du wieder in Liebe
und Verbundenheit an mich denken kannst, jetzt, wo du
für lange Zeit weg sein wirst.*

Ich bin krank.

*Seit längerer Zeit lebt ein Tier in meinem Bauch, mit
dem ich nicht fertig werde. Am Tag nach diesem Abend im
Esszimmer war ich beim Arzt. Er eröffnete mir, dass ein
Krebs meine linke Niere zerstöre und dass es keine Heilung
gebe. Da habe ich verstanden, warum ich mich seit einiger
Zeit so schwach und müde fühle. Der Arzt sagte, man könne
durch eine Operation Zeit gewinnen. Ich will mich nicht
operieren lassen. Gott hat mir meinen Körper als Ganzes
gegeben und als Ganzes gebe ich ihn zurück. Ich werde
nicht mehr lang zu leben haben, vielleicht noch ein Jahr,
vielleicht nicht. Der Arzt konnte keine genaue Prognose
machen. Solltest du in einem Jahr wieder hier sein, wirst
du mich im Krankenhaus oder an meinem Grab besuchen.*

*Deinem Vater habe ich bisher nichts davon gesagt. Du
bist der Einzige der Familie, der es jetzt weiß. Und du
musst lernen, damit umzugehen. Wer weiß, was geschehen wäre, wenn du es vor deiner Abreise erfahren hättest.
Vielleicht hättest du deinem Vater die Schuld gegeben,
hättest versucht, ihn zu zwingen, dich dazubehalten oder
es wäre noch schlimmer gekommen. Jetzt gehst du in die
Welt, in eine unbekannte, in eine schöne Welt, die voller
Überraschungen und Herausforderungen sein wird. Was
dir unverständlich, brutal und ungerecht erscheint, darfst
du auch als Chance sehen. Die jungen Vögel müssen das
Nest verlassen, wenn sie fliegen wollen. Und dass du fliegen*

lernst, das wünsche ich dir. Ich hatte keine Kraft, mich gegen deinen Vater zu stellen. Auch wenn es niemand bemerkt, ich habe täglich große Schmerzen. In meinem Leben habe ich gelernt, mich zusammenzunehmen und mein Schicksal in Gottes Hände zu legen.

Ich merkte damals schon sehr schnell, dass ich mit dem falschen Mann zusammen war. Es war Krieg und wir lebten alle in großer Angst. Ich glaubte, er sei stark und könne mir Schutz bieten.

Er ist ein kleiner Geist, gefangen in einer fantasielosen Welt, die nicht Freude und Glück sucht, sondern Bedeutung. Wir müssen lernen hinzunehmen. Besonders das, was uns nicht gefällt. Sich ein Leben lang gegen sein Schicksal aufzubäumen, ist kein guter Weg. Mein Weg ist der Weg des Ertragens. Und ich wurde belohnt. Gott hat mir zwei wundervolle Kinder geschenkt, dafür will ich meinem Mann dankbar sein. So kann im Schlechten auch viel Gutes verborgen sein, wir müssen es nur finden. Das ist vielleicht damit gemeint, wenn die Kirche vom Geheimnis des Lebens spricht.

Mein geliebter Mauro, nimm die Welt, wie sie auf dich zukommt und lass dich von der Liebe leiten, die in deinem Herzen wohnt und wächst. Beschütze deine Schwester. Sie wird dich brauchen.

Ich bin müde. Das einzige Erfreuliche, was mir der Arzt gesagt hat, war, dass die Schmerzen abnehmen werden und dass ich immer müder werde, bis ich schließlich friedlich in den Tod hinüberschlafen darf.

Es umarmt dich deine dich liebende Mutter.

Ich bete für dich.

Mauro ließ das Blatt auf seine Knie sinken. Tränen fielen auf das hellblaue Papier. Sie vermischten sich mit der Tinte und verschmierten ihre zierlichen, kleinen Buchstaben.

6.

Mauro stand in der Bahnhofshalle von Mailand. Sie war um einiges größer als die in Turin und er hatte Mühe, sich zurechtzufinden. Bis zur Abfahrt des Nachtzugs nach München blieben ihm vier Stunden. Er hatte Hunger. Und er wollte die Stadt sehen. Bei der Gepäckaufbewahrung gab er den Koffer und den Beutel ab. Den Zettel mit der Nummer darauf steckte er in den Umschlag mit der Fahrkarte, dem Personalausweis und dem Geld, den er zusammen mit Mamas Brief in der Brusttasche trug.

Die Stimmen und Geräusche vermischten sich zu einem fremdartigen, wogenden Hallen. Zusammen mit dem Licht, das durch die riesigen milchigen Rundbogenfester in die Halle trat, entstand eine unwirkliche Atmosphäre, die ihn in eine Art Trance versetzte. Was war das hier?, fragte er sich. Die Worte in Mutters Brief kamen zurück. War es richtig, wegzufahren? Wollte sie ihn nicht viel eher zurückrufen? Wenn ein Vogel fliegen lernen will, so muss er das Nest verlassen. Stieß sie ihn aus dem Nest? Oder der Vater in ihrem Namen? Du wirst mich an meinem Grab besuchen. Das hieß doch, dass sie ihn nicht gehen lassen, ihn in ihren letzten Monaten bei sich haben wollte. Was muss ich tun, was will man von mir?, schrie es in ihm. Das Weggestoßen werden als Chance sehen. Chance wofür? Meine Chancen sind doch hier. Nicht in diesem Deutschland. Was soll ich dort?

In seiner jungen Seele herrschte ein Durcheinander, in dem er sich verhedderte, wie in einem Netz einer gefräßigen Spinne. Der Vater ist an allem schuld, dachte er mit einem Mal. Er hat sie neben sich verkümmern lassen. An der Krankheit, an der sie sterben wird, hat er Schuld. Eine unerträgliche Wut gegen seinen Vater stieg in ihm hoch. Er musste zurück. Er musste diesem Ungeheuer die Wahrheit ins Gesicht schleudern, ihn zur Rede stellen, abrechnen mit ihm.

Würde das helfen? Sie will keinen Kampf. Sie will, dass ich es hinnehme. Deshalb hat sie mir den Brief erst gegeben, als es schon zu spät war. Und ich? Was will ich?, fragte sich Mauro, als er bei der Anzeigetafel, die die Züge nach Turin aufführte, stehen blieb. Ich will mit dem Ganzen nichts mehr zu tun haben. Ich will mein eigenes Leben finden. Ich bin ich. Und jetzt habe ich Hunger.

Er verließ die Bahnhofshalle. An einem Pizzastand in der Straße, die vom Bahnhof wegführte, kaufte er sich ein Stück Pizza und ein Bier. Mit großem Appetit biss er in den wundervoll duftenden Teig. Ein warmer Windstoß fuhr ihm durch das Haar. Dann glitt er hinein in den Strom der Menschen um ihn herum und ließ sich treiben. Was für ein schöner Frühsommerabend. Wie ein Wassermolekül in einem gewaltigen Strom, der durch die Straßen dieser Stadt floss, glitt er stoßend und gestoßen werdend dahin und löste sich allmählich in der Masse auf. Ein mächtiger Körper hatte ihn aufgenommen.

Einander untergehakte Mädchen flanierten lachend in kleinen Gruppen durch die Gärten der Porta Venezia. Ihre hohen Absätze klapperten auf den Steinplatten der Gehwege.

Ein Heer von Aurelias stolzierte an ihm vorbei. Mit fliegenden Haaren, rot geschminkten Lippen und schaukelnden Röcken rauschten sie erwartungsvoll hinein in einen lauen Abend, der Tanz und Ausgelassenheit versprach. Man lächelte ihm zu, er lächelte und winkte zurück. Er war da. Angekommen in einer Welt, in die es ihn hineinzog und die ihm Glück verhieß. Der Krieg in seinem Innern beruhigte sich und wich einer Ahnung von Frieden. Noch stand er am Beginn seiner Reise. Er lenkte seine Schritte zurück zum Bahnhof. In einer Stunde ging sein Zug durch die Nacht, an deren Ende er in einem neuen Land sein würde. Der Anfang war gemacht.

Wieder im Bahnhof holte er sein Gepäck am Schalter der Aufbewahrung und suchte nach dem Zug nach München. Ein freundlicher Schaffner auf dem Bahnsteig wies ihm nach einem Blick auf die Fahrkarte den Weg zu seinem Waggon. Es ging alles ganz leicht. Er kletterte die Stufen hoch und fand seine Koje in einem Liegewagen in der Mitte des Zuges. Das Abteil war leer. Mauro war erleichtert darüber und hoffte, dass es so bleiben würde. Er hatte keine Lust, eine so lange Zugfahrt und dazu noch die Nacht mit irgendwelchen unbekannten, ungewaschenen Fremden teilen zu müssen.

Er schob den Koffer in das Staufach über der Tür, hängte seine Jacke, die ihm Maria noch so liebevoll ausgebürstet hatte, an einen Haken, zog sich die Schuhe aus und stieg die Leiter zu seiner Pritsche hoch. Den Beutel mit dem Essen nahm er mit und platzierte ihn am Fußende. Bis zur Abfahrt des Zuges waren es noch fünfzehn Minuten. Das Buch von Carla fiel ihm wieder ein. Er holte es aus dem Koffer. Es hatte mehr als tausend Seiten, aber drei Seiten jeden Tag waren nicht viel. Er wunderte sich, welche Art Bücher Carla las. Vielleicht hatte er sie unterschätzt. Vielleicht schlummerte in ihr eine Literatin, ein Genie. Der Titel hörte sich seltsam an. Er machte ihn neugierig. *Krieg und Frieden*'. War es nicht genau das, was er jetzt durchlebte? Am meisten gefiel ihm die Idee, durch das Buch mit den Freunden an seiner Schule in Verbindung zu bleiben, auch ohne sie zu sehen. Als wäre das Buch mit seinen unzähligen Worten ein langer, dünner Faden. Und dass es ausgerechnet Carla war, die diese Verbindung suchte, berührte ihn auf seltsame Art und Weise. Vielleicht ahnte sie seine Verliebtheit in Aurelia und wollte, da sie sich selbst wünschte von ihm beachtet zu werden, auf diese Weise an ihr teilhaben? Carla war in Mauro verliebt, der in Aurelia verliebt war, die ihn nicht beachtete, ebenso wenig wie er Carla. Wie sollten in diesem Labyrinth der Gefühle die richtigen Enden je zusammenfinden?

Er nahm das Buch in die Hand, schlug die erste Seite auf und begann zu lesen. Erleichtert legte er es nach den vorgeschriebenen drei Seiten wieder beiseite, denn er konnte nicht behaupten, viel von dem, was da stand, verstanden zu haben. Da war von einer Hofdame die Rede, die einen Fürsten zum Tee eingeladen hatte und darauf hoffte, dass der russische Zar gegen Napoleon in den Krieg ziehen würde, nachdem alle übrigen Verbündeten, die Engländer und die Preußen, Anstalten machten, sich feige oder desinteressiert zurückzuhalten. Und dann ging es da noch um einen Baron, der in Wien gemäß dem Wunsch der Zarin-Mutter Sekretär werden sollte, was dem Fürsten, der lieber seinen eigenen Sohn auf diesem Posten gesehen hätte, natürlich nicht behagte. Adlige und ihre Ränkespiele, Napoleon und seine Feldzüge gegen die alten Königreiche. Was soll mir das bedeuten und warum schenkt mir Carla ausgerechnet dieses Buch?, fragte sich Mauro.

Die Tür des Abteils wurde geöffnet.

„Guten Abend, ich bin Luigi.“

„Mauro.“

„Ich fahre nach München. Und du?“

„Ich auch.“

„Dann fahren wir zusammen. Wie schön.“

Ein fröhlicher junger Mann mit Rucksack betrat das Abteil. Er war einfach gekleidet. Eine grobe Hose, ein weißes Leinenhemd, eine dunkle Weste. Als er sich des Rucksacks entledigt und auf der Fahrkarte seinen Platz ermittelt hatte, nahm er seinen Hut ab und legte ihn auf seine Pritsche. Er drehte sich zu Mauro um und reichte ihm seine Hand.

„Sehr erfreut.“

Mit dem klaren Blick aus zwei großen, dunklen Augen, die in einem schmalen Gesicht saßen, dem krausen, dichten Haarschopf und den gesunden, leicht geröteten Wangen, strahlte er eine Unbefangenheit aus, die für Mauro sofort etwas Gewinnendes hatte. In seinem südlichen Dialekt fuhr Luigi fort: „Ich fahre zurück zur Arbeit. Und du?“

„Ich besuche meinen Onkel.“

„Bei uns unten gibt es keine Arbeit. Und wenn, dann nur schlecht bezahlte. Keine Zukunft, wenn du nicht zu den Richtigen gehörst.“

„Woher kommst du?“

„Campagna.“

„Meine Mutter kommt aus Salerno.“

„Ah! Schöne Stadt! Ich war noch nie da. Kenne sie nur

von Bildern. Bei uns, in unserem armen Dorf in den Bergen, ist nichts schön. Nur harte Arbeit und kein Ertrag. Und das meiste musst du abgeben, wenn du nicht willst, dass sie dir das Wasser abdrehen."

„Wer dreht das Wasser ab?"

„Wer?" Luigi hielt die Hand vor den Mund und fuhr im Flüsterton fort: „Die Barone, die, die das Sagen haben, die, denen alles gehört. Und wenn du nicht spurst …" Er fuhr sich mit dem Zeigefinger quer über seinen Hals. „Da gibt es nur eines." Er machte mit der Hand eine Bewegung, die Mauro als das Zeichen für Verschwinden kannte.

Vom Bahnsteig her ertönte ein scharfer Pfiff. Mit einem heftigen Ruck fuhr der Zug los.

Luigi löste den Riemen der Außentasche seines Rucksacks und entnahm ihr ein kariertes Tuch, in dem ein Brot und eine Wurst eingeschlagen waren. Auch eine kleine weiße Schale, ein Kännchen mit Olivenöl und eine Flasche Wein kamen zum Vorschein.

„Von Mama. Mach mir die Freude und iss mit mir."

Mauro nahm seinen Beutel, kletterte hinunter und setzte sich neben Luigi. Luigi schnitt mit seinem Taschenmesser das Brot und die Wurst und bot Mauro etwas davon an. Dann nahm er das Ölkännchen und goss Öl in das Schüsselchen.

„Frisch gepresst, von unserem Hof."

Mauro hatte seine belegten Brote, Tomaten und Oliven auf das Tuch gelegt. Das Brot in das Öl tauchend erzählte Luigi von seiner Familie. Sein Vater sei Bauer und führe, nachdem sie ihn geerbt hatten, den Hof mit seinem Bruder, Luigis Onkel, weiter. Der Hof sei arm und klein. Früher hätten sie noch Schafe gehabt, aber das sei jetzt vorbei. Nur die Olivenbäume seien geblieben. Und

44

der Vater habe sich, um seine Familie durchzubringen, nach einer Arbeit umsehen müssen. Er sei Lastwagenfahrer geworden und müsse oft sehr weite Strecken fahren. Nach Neapel, nach Bari sogar bis nach Rom. Baumaterial. Sand und Kies. Und so habe er, Luigi, beschlossen, seine Familie zu unterstützen. Schließlich sei er der Älteste der Kinder. In Benevento gäbe es ein Büro, das Leute anwerbe. Hauptsächlich Straßen- und Häuserbau. Für die Schweiz, für Deutschland. Es sei jetzt schon seine dritte Saison in Deutschland. Er habe sich einigermaßen zurechtgefunden. Viele Kollegen aus Italien würden in seiner Firma arbeiten. Sie hätten ihm von Anfang an geholfen. Mit der Unterkunft, mit der Sprache, mit behördlichen Angelegenheiten.

„Wir sind eine richtige kleine Gemeinde dort. Die Terroni. Und am Wochenende gehen wir manchmal zum Fußball. Gute Mannschaft in München. Fast so gut wie die AS Roma."

Der Zug fuhr über Verona Richtung Norden nach Bozen. Die beiden nahmen kaum wahr, wie die Zeit verstrich. Auch Mauro erzählte von seinem Zuhause. Er berichtete nicht ohne Stolz von seiner tollkühnen Fahrt im Auto des Generalvikars, worüber Luigi herzhaft lachen musste. Dass ihn der Vater deswegen in die Verbannung schickte, dass er die Schule unterbrechen musste, seine Freunde nicht mehr sehen konnte, fand er ungerecht und eine viel zu harte Strafe.

„Das hätte mein Vater nie mit mir gemacht. Er hätte mir vielleicht eine ordentliche Tracht Prügel verpasst. Aber dann wäre die Sache erledigt gewesen."

„Mein Vater ist der Kreiskommandant der Carabinieri. Er ist kalt. Wenn du ihm ins Gesicht siehst, weißt du nicht mehr, wer du bist. Bei dem ist mit allem zu rechnen."

„Solche Menschen kenne ich. Besser, man geht denen aus dem Weg."

So saßen sie beisammen, kosteten von Luigis Wein aus der Heimat, der sie erheiterte und müde werden ließ. Sie waren froh, die schwere Reise, die sie von ihrer geliebten Umgebung wegführte, nicht allein machen zu müssen. Mauro war erstaunt, wie leicht es ihm fiel, sich mit einem jungen Burschen einzulassen, der aus einer anderen Gesellschaftsschicht stammte, der nie etwas von Horaz und Vergil gehört hatte, der nicht wusste, nach welcher Formel die Schwerkraft zu berechnen war. Es war eine neue Erfahrung im Leben von Mauro. Wenn er diesen Luigi betrachtete, sich dessen Leben vor Augen führte und sich bewusst wurde, mit welch offener Art er auf ihn zugekommen war, so schämte er sich jetzt seiner anfänglich geringschätzigen Gedanken über ihn. Sie packten ihr gemeinsames Picknick zusammen, verstauten was davon übriggeblieben war in Rucksack und Beutel und wünschten sich, nachdem es sich jeder auf seiner Pritsche so bequem wie möglich gemacht hatte, eine gute Nacht. Mauro nahm seine Jacke vom Haken und legte sie sich als Kopfkissen so unter den Kopf, dass er es hätte bemerken müssen, falls sie ihm weggezogen würde. Man konnte nie wissen. Trotz allem.

Am Brenner wurden sie vom Zollbeamten geweckt, der durch den Wagen polterte, die Türen der Abteile aufriss und nach den Personalausweisen fragte. Durch das grelle Licht, die raue, fremde Stimme und das Suchen und Aushändigen der Papiere, fand die Nacht ein jähes Ende. Mauro konnte danach nicht mehr schlafen. Luigi schien es nichts auszumachen. Nach dem Zollspektakel drehte er sein Gesicht zur Wand und fand in seinen durch ein leises Schnarchen hörbaren Schlummer zurück.

Als der Zug wieder anfuhr, schob Mauro die Jalousie zur Seite und sah, dass es draußen hell wurde. Die Silhouetten eines fremden Landes rasten vorüber. Er wandte sich ab, knipste das Nachtlicht über seinem Kopf an und nahm sein Buch in die Hand. Die nächsten drei Seiten, dachte er, lese ich am besten jetzt, dann ist es erledigt für heute. Da wurde von einem unartigen Sohn berichtet, der, um ihn im Leben gefügig zu machen, mit einer Prinzessin verheiratet werden sollte. Der Vater, dieser Fürst Wassili, bezeichnete seine beiden Söhne als Narren. Ippolit, der ältere der beiden, war der ruhige, Anatole, der jüngere Bruder, war der unruhige Narr. Es war unvermeidlich, dass Mauro in diesem Fürsten seinen Vater sah, denn er wurde seinen Kindern gegenüber als kalt und desinteressiert beschrieben.

Am Zoll nach Innsbruck wiederholte sich das Gepolter eines nunmehr deutschen Beamten, der es offenbar als seine Pflicht ansah, den ganzen Zug in aller Gründlichkeit wach zu machen.

„Willkommen in Deutschland!", rief Luigi und schob die Jalousie nach oben, nachdem er endgültig munter geworden war. Beide setzten sie sich in ihren Kojen auf und schauten durch das Fenster in die nun deutlich gewordene Landschaft.

„Hier, für dich." Luigi streckte Mauro einen kleinen Zettel hin. Mauro nahm ihn entgegen und las, was in ungeübter, beinahe kindlicher Schrift darauf stand: Luigi Caruso, Kufsteiner Landstraße 298, München Garching.

„Falls du mich einmal besuchen möchtest."
Mauro nahm den Zettel und steckte ihn in den Umschlag

mit dem Geld und der Fahrkarte. Hastig riss er ein kleines Stück aus einer unbeschriebenen Seite seines Buches, schrieb die Adresse seines Onkels in Nürnberg darauf und reichte sie Luigi hinunter.

Die Sonne schien, als der Zug in den Bahnhof von München einfuhr. Luigi schulterte seinen Rucksack, setzte sich seinen Hut auf und schob die Tür des Abteils auf.

„Nur Mut."

„Viel Glück."

Auch diese beiden sahen sich nie wieder.

7.

Mauro setzte seinen Fuß auf den Bahnsteig. Deutscher Boden. Nicht anders als Italien. Mit seinem Koffer in der Hand und dem um die vielen im Zug verzehrten Leckereien geschrumpften Beutel über der Schulter ging er etwas unschlüssig zwischen den vielen Menschen, die sich gegenseitig erwarteten und in die Arme schlossen, auf und ab.

Wo war Tante Virginia? Er rief sich das Bild in Erinnerung, das ihm Mama in einem Album gezeigt hatte, aber jetzt konnte er niemanden sehen, der ihr glich. Hat sie es vergessen? Vielleicht verspätete sie sich, weil ihr etwas dazwischengekommen war. Zur Not hatte er noch eine Telefonnummer.

Da zupfte ihn von hinten etwas am Arm. Als er sich umdrehte, sah er eine etwa um einen Kopf kleinere Frau vor sich, deren Gesichtszüge er nach einigem Zögern als die seiner Tante erkannte.

„Tante Virginia?“

„Aber ja, mein kleiner Dummkopf, niemand anderes ist das als deine Tante Virginia.“

Er hatte sie anders in Erinnerung.

Steif stand er vor ihr, als sie ihn energisch zu sich herabzog, sich auf ihre Zehenspitzen stellte und ihm mit gestrecktem Hals zwei Küsse auf seine Wangen drückte.

„Oh dio, bist du groß geworden. Willkommen in Deutschland.“

„Danke.“

Sie trug einen orangeroten Hosenanzug und flache Wildlederschuhe, an denen zwei kleine Quasten baumelten. Aus ihrem kreisrunden, wohlgenährten Gesicht lächelte ihm ein kleiner Mund entgegen, dessen Lippen blassrot geschminkt waren. Ihre tiefe von kurz geschnittenen Locken umrahmte Stirn wurde von einer strengen Falte geteilt.

„Du hast mich nicht erkannt, gib es zu! Ist ja auch egal. Hauptsache, wir haben uns gefunden. Komm, lass uns schnell von hier weggehen. Diese Menschenmasse ist mir unerträglich. Alles Italiener, die nach Deutschland kommen. Bald wird ganz Italien hier sein. Eine Misere.“

Sie zog Mauro an der Hand durch die Menge und steuerte mit nervösen Schritten in Richtung Ausgang.

„Ihr seid doch auch aus Italien, du und Onkel Paolo.“

„Jaja, aber die, die hier in Massen ankommen, sind alle aus dem Süden.“

„Terroni?“

„Woher hast du dieses Wort? Na, dann weißt du ja Bescheid. Kein sehr nettes Wort übrigens. Aber wie das so ist, wir Italiener machen uns über uns selber lustig. Wie war die Fahrt? Du musst müde sein. Hast du Hunger? Natürlich hast du Hunger. Ich nehme nicht an, dass es im

Zug ein Frühstück gab. Und junge Männer haben immer Hunger. Nach allem Möglichen, nicht wahr, mein kleiner Dummkopf? Aber lassen wir das. Da drüben steht mein Auto. Komm."

Sie schubste Mauro vor sich her über die Straße zu ihrem hellblauen Ford Taunus, dessen Kofferraum sie eilig öffnete. Sie wartete, bis Mauro den Koffer und den Beutel hineingelegt hatte.

„Mehr hast du nicht dabei? Das ist nicht viel. Na, wir werden sehen. Das eine oder andere wirst du von Paolo übernehmen können. Paolo, dein Onkel."

„Ja, Tante, ich weiß."

„Dann ist gut, wenn du das weißt. Und Stefania? Kannst du dich an sie erinnern? Deine Cousine Stefania, meine Tochter."

„Ich denke schon."

„Komm, steig ein. Ich will raus aus dieser unmöglichen Stadt. Du wirst sehen, Nürnberg ist anders. Eine schöne, alte Stadt mit einer Burg. Richtig deutsch. Aber das wirst du alles kennenlernen."

Tante Virginia setzte sich auf den Fahrersitz, der ganz nach vorne geschoben war, dennoch hatte sie Mühe, die Pedale zu erreichen.

„Wir fahren zur Autobahn. Da oben gibt es ein kleines Café. Ein Freund von uns. Dort bekommst du dein Frühstück."

Sie startete den Wagen und fuhr los. Hektisch war die Fahrt. Tante Virginia schimpfte und gestikulierte wie wild. Einmal würgte sie den Motor ab, als sie bei einem Rotlicht allzu energisch losfahren wollte. Sie erntete Kopfschütteln und es wurde gehupt. Sie wurde wütend, wobei nicht sicher war, ob auf sich selbst oder auf die Hupenden.

Immer wieder trat sie, wenn sie auf eine Kreuzung zufuhr, so heftig auf die Bremse, dass Mauro fast in die Frontscheibe flog. Beim Wechseln der Spur unterließ sie es, den Blinker zu setzen und zwang die Fahrer hinter ihr zu Ausweichmanövern. Mauro dachte an die Fahrt in der Giulietta und die beeindruckenden Fahrkünste von Vittorio. Tante Virginia musste seine Gedanken erraten haben: „Bist du eigentlich gefahren, da in dem Wagen, den ihr geklaut habt?"

„Nein."

„Na, dann bist du ja gar nicht der Hauptschuldige? Aber eben, mitgemacht hast du ja schon. Und dann gleich diese harte Strafe! Ach, dieser Massimo. Der muss immer gleich so übertreiben. Ich hatte immer ein wenig Mühe, seine Welt zu verstehen, weißt du. Ich will nichts gegen ihn sagen, aber ich wurde nie richtig warm mit ihm. Er ist so viereckig. Charme hat er auch nicht. Deine Mutter hingegen, Sofia, das ist eine feine Frau, eine Dame. Wir haben uns alle gewundert, dass sie sich so einen ausgesucht hat."

In einem Redefluss, der nicht abbrechen wollte, sprudelte alles aus ihr heraus, was ihr gerade durch den Kopf ging. Mauro war es unangenehm, an die Dinge erinnert zu werden, die hinter ihm lagen. Und dass sie von seiner Mutter sprach, quälte in umso mehr, weil es ihn an das erinnerte, was sie ihm im Brief mitgeteilt hatte. Er hatte keine Lust zu reden. Nur, wenn es sich nicht vermeiden ließ, antwortete er ihr so knapp wie möglich. Erleichtert war er, als Tante Virginia endlich ihre Fahrt verlangsamte. Sie deutete mit ihrem behandschuhten Finger auf die gegenüberliegende Straßenseite.

„Da ist das Café von Giovanni und Gina. Gute Leute. Obwohl sie aus Neapel stammen. Die kaufen nämlich ihr

Eis bei uns. Gute Wahl. Giovanni glaubte, selber Eis machen zu müssen, aber als er einmal zu Besuch in Nürnberg war und das Eis von Paolo kostete, wurde ihm klar, dass er diese Qualität nie erreichen würde. Und so kauft er es jetzt bei uns. Ein gutes Geschäft für beide. Dafür gibt es bei ihm den weltbesten Cappuccino. Und die Brioches von Gina: ein Traum. Du wirst es gleich sehen. Komm."

Sie befanden sich im Norden von München. Ohne auf den Verkehr zu achten überquerte Tante Virginia die belebte Ausfallstraße, die weiter vorne zur Autobahn führte, und fuhr den Wagen vor dem Lokal auf den Bürgersteig.

Mauro wurde geschubst und gestoßen, bis sie im Laden standen und sie laut rufend ihre Anwesenheit ankündigte. Giovanni, ein ruhiger, großgewachsener Mann mit leicht ergrauten Haaren, einem Schnurrbart und einem breiten Lächeln im Gesicht, stand hinter dem Tresen und trocknete mit einem Geschirrtuch Tassen, die er zum Warmhalten auf eine gewaltige, unter einem Spiegel an der Rückwand thronende Kaffeemaschine stellte. Er legte seine Schürze ab und rief nach seiner Frau, die alsbald im Rundbogen der nach hinten führenden Öffnung erschien.

Gina war eine ausnehmend schöne Erscheinung. Ihre ebenmäßigen Gesichtszüge, ihre langen, blonden, zu einem Pferdeschwanz zurück gebundenen Haare verliehen ihr ein Äußeres, das junge Männer wie Mauro in Verlegenheit brachte.

Seine Tante stellte ihn den Leuten vor. Sie konnte es nicht lassen, in einem flüchtig hingeworfenen Nebensatz ihn als eben jenen Mauro zu bezeichnen, der, obwohl sie diese Ansicht nicht teile, Schande über seine Familie gebracht habe und zur Strafe jetzt für ein Jahr bei ihr in Nürnberg in Obhut sei.

Mauro errötete vollends. Er wusste nicht, wohin er

blicken sollte. Scham und Wut stiegen in ihm hoch. Er wusste nicht, wie er vor diesen fremden Menschen damit umgehen sollte. Giovanni bemerkte Mauros Verlegenheit. Zum Glück waren außer ihnen keine weiteren Leute im Laden. Er legte Mauro freundschaftlich die Hand auf die Schulter und fragte ihn, ob er ihm einen Cappuccino und eine Brioche bringen dürfe.

Man trank Kaffee, man aß das Gebäck und man sprach zu Mauros Erleichterung vom Geschäft. Neue Bestellungen wurden vereinbart, die Lieferung, die Paolo selbst besorgen würde, wurde geplant. Von einer Einladung wurde gesprochen, denn der Geburtstag von Stefania stand bevor. Gina schaute Mauro freundlich an. Er getraute sich nicht, ihrem Blick länger als einen kurzen Moment standzuhalten. Sich den Milchbart von der Lippe wischend starrte er vor sich hin. Tante Virginia hatte die Bestellungen auf einem Blatt notiert und drängte zum Aufbruch. Sie stand auf und umarmte Giovanni und Gina in ihrer flüchtigen Art. Giovanni fasste Mauro an beiden Schultern und sagte zu ihm: „Willkommen in Deutschland. Du gehörst jetzt zu uns."

Mauro reichte ihm die Hand und rang sich ein Lächeln ab. Die schöne Gina bedachte er mit einem Kopfnicken.

8.

Wer von Süden her nach Nürnberg kommt und Richtung Zentrum fährt, landet auf der Pillenreuther Straße, eine der großen Ausfallstraßen, die vom Altstadtring sternförmig in alle vier Himmelsrichtungen wegführen. Von einer beinahe vollständig erhaltenen Ringmauer umschlossen liegen, wie Eier im schützenden Nest, die baulichen Kostbarkeiten dieser Stadt: die hochgotische Lorenzkirche, die vielen, durch den Krieg glücklicherweise wenig zerstörten Fachwerkhäuser, von denen die Geburts- und Wirkstätte Albert Dürers zu den wohl berühmtesten zählt, und die nach Norden hin trutzig aufragende Burg. Kein nach Macht strebendes Heer hatte diesem Nest, das während Jahrhunderten ein kultureller Mittelpunkt der Grafik, der Malerei und des Buchdrucks gewesen war, ernsthaft gefährlich werden können; selbst die Nationalsozialisten hatten sich davor gescheut, ihm mit ihren grausig kalten, gigantomanischen Bauten nahezukommen und hatten sich damit begnügt, ihre theatralische Kulisse am südlichen Stadtrand zu errichten.

Es war kurz vor Mittag, als Tante Virginia mit ihrem Ford Taunus auf der Pillenreuther Straße dem Zentrum entgegen fuhr und kurz vor Erreichen der Ringstraße links zum Kopernikusplatz einbog. Mauro hörte seiner Tante, die ununterbrochen auf ihn einredete und ihm die Stadt oder das, was sie von ihr wusste, zu erklären versuchte, nur mit halbem Ohr zu. Er bestaunte die fremdartigen Straßenzüge, die meist aus rotem Sandstein gebauten Häuser mit ihren hohen und geschwungenen Giebeln und die Menschen, die er im Vorbeifahren sehen konnte.

Als sie zuvor von der Autobahn heruntergefahren waren, waren sie an einer Kaserne vorbeigekommen, an deren Fassade die amerikanische Flagge wehte. Und auf Mauros Frage, was das sei, hatte Virginia geantwortet: „Das sind die Amerikaner, die sind hier überall, damit es den Deutschen nicht wieder in den Sinn kommt, einen Krieg anzufangen."

Sie parkte ihren Wagen in einer Lücke vor einem mehrstöckigen Eckhaus, in dessen Erdgeschoss sich ein Café befand. Mit roten, geschwungenen Neonlettern stand über dem Eingang: Eisdiele Bella Italia.

„Da sind wir endlich. Das ist unser Reich. Steig aus, wir gehen zuerst nach oben in die Wohnung. So lernst du alle kennen."

Mauro folgte seiner Tante zum Hauseingang, der um die Ecke lag.

Er trug sein Gepäck die knarrende Holztreppe hoch. Im Treppenhaus roch es süßlich. Als Virginia die Wohnungstür öffnete, rief sie laut in die Räume hinein, dass sie jetzt da seien.

Aus einem der hinteren Zimmer trat ein Mädchen in den Flur. Sie war dünn und blass. Ihre strähnigen, braunen Haare hingen seitlich herab und auf der Oberlippe zeigte sich ein dunkler Flaum. Sie trat auf Mauro zu und streckte ihm ihre kalte Hand entgegen.

„Ich bin Stefania."

„Mauro."

„Sie ist deine Cousine", warf Virginia dazwischen, „umarmt euch doch."

Linkisch und verlegen und unter Vermeidung aller überflüssiger Berührungen näherte sich Mauro ihren Wangen, wobei sie ihm die linke hinhielt, während er auf die rechte zielte. Verwirrt stießen sie mit den Köpfen gegeneinander. Nach diesem misslungenen Manöver wurde kein weiterer Versuch unternommen.

„Kommt her und helft mir", rief Tante Virginia aus der Küche. „Wir essen heute in der Küche." Sie hatte, bevor sie nach München gefahren war, um Mauro zu holen, eine Focaccia vorbereitet, die sie jetzt mit Oliven und Tomaten bestückte und ins Ofenrohr schob. „Stefania, du machst den Salat und du, Mauro, du deckst den Tisch. Hier ist das Geschirr und in dem Schubfach da findest du Messer und Gabeln."

Mauro war erleichtert, dass ihm eine Aufgabe zugewiesen wurde, die seinem unschlüssigen Herumstehen in der fremden Küche ein Ende machte.

„Nach dem Essen zeige ich dir dein Zimmer. Es ist ganz oben unter dem Dach. Es ist klein, aber gemütlich und du hast deine Ruhe da oben. Genau das Richtige für unseren kleinen Dummkopf."

Als sie das sagte, bemerkte Mauro, wie die Mutter der Tochter, als diese den Mund öffnen wollte, einen strengen Blick zuwarf. „Jaja, wir haben für dich gesorgt. Du wirst es sehen. Auch Sprachunterricht haben wir für dich organisiert. Du musst Deutsch lernen, wenn du es hier zu etwas bringen willst. Alles schon in die Wege geleitet. Gabriella ist eine gute Freundin von mir. Sie wird dir dabei helfen, diese schwere Sprache zu erlernen, denn sie gibt Deutschkurse für Ausländer und kann dich in ihre Anfängerklasse aufnehmen. Am Ende wird es dir bei uns hier so gut gefallen, dass du gar nicht mehr zurück willst in dein Dorf."

„Carignano ist kein Dorf."

„Ist er nicht süß, Stefania? Verteidigt sein Kaff. Jaja, meinetwegen ist es ein Städtchen. Ich könnte dort nicht leben. Wenn schon Italien, müsste es mindestens Turin sein. Wer einmal an der großen Welt geschnuppert hat, der kann nicht mehr in die Provinz zurück. Ach, da bist du ja", unterbrach sie ihren Redefluss, als sie sich umdrehte und eine Schüssel mit Salat auf den Tisch stellte.

Paolo war ein Mann, den man nicht bemerkte, wenn er einen Raum betrat. Er war von ebenso gedrungener

Statur wie sein Bruder Massimo, hatte aber einen dicken Bauch. Sein rundes Gesicht war von zahlreichen Fältchen übersät; es wirkte, als würde er ständig lächeln. Das hinter einer Halbglatze streng nach hinten gekämmte Haar war dunkel getönt. Er stand in seiner weißen Arbeitskleidung in der Tür und schaute zu Mauro, der mit Gläsern und der Wasserkaraffe beschäftigt war. Sie traten aufeinander zu, gaben sich die Hand.

„Mauro!"

„Guten Tag, Onkel."

„Das wird schon."

„Setzt euch, wir wollen essen", rief Tante Virginia und legte die Focaccia mitten auf den Tisch. „Komm, mein kleiner Dummkopf, du setzt dich neben deine Cousine. Stefania, bring den Wein für Papa. Hier, nimm dir ein Stück. Nicht so schüchtern, du bist jetzt hier zuhause." Tante Virginia schob die Kuchenschaufel unter die zu Vierecken geschnittene Focaccia und legte eines auf Mauros Teller. Niemand betete. Tante Virginia, die als einzige sprach, berichtete von der Fahrt, vom Verkehr, der wieder zugenommen habe, vom schönen Wetter, das anhalten solle und dazu einlade, am Sonntag einen Ausflug zu unternehmen, vielleicht nach Forchheim, wo einer ihrer Bekannten angeblich ebenfalls eine Eisdiele eröffnet habe. Selbst als sie die neue Bestellung von Giovanni und Gina mitteilte und ihren Besuch zum Geburtstagsfest von Stefania ankündigte, sagte Paolo nichts. Er sprach nur, wenn es unvermeidlich war. Sein ruhiges Wesen strahlte eine Gelassenheit aus, die Mauro guttat. Der Redeschwall seiner Frau prallte an ihm ab. Er reagierte höchstens mit einem gelegentlichen Nicken und rang sich bestenfalls ein Lächeln ab. Stefania bearbeitete ihre Focaccia mit dem Messer und klaubte die

Oliven und Tomaten heraus, ohne dem Teig Beachtung
zu schenken.

„Iss, meine Tochter, iss, ich bitte dich."

„Mama, bitte." Sie nahm sich ein Salatblatt und kaute
lustlos darauf herum.

„Paolo, sag du doch auch mal was. Das Mädchen fällt
uns noch ganz vom Fleisch, wenn das so weitergeht."

„Schluss jetzt", sagte Paolo leise, aber bestimmt. „Und noch
etwas: Wir werden nie über das reden, was in Carignano geschehen ist. Außer Mauro will uns davon erzählen. Das ist
Vergangenheit und wir schlagen hier und heute eine neue
Seite auf."

„Danke, Onkel."

Nach dem Mittagessen stand Paolo wortlos auf und
verließ die Wohnung. Im Erdgeschoss hinter dem Café
befand sich der Raum, den er Atelier nannte und in dem er
das Speiseeis herstellte. Der Raum erinnerte an eine große
Küche. In der Mitte thronte ein mächtiger Arbeitstisch. An
den Wänden standen ein Kochherd, eine Spüle, wie man
sie in Großküchen fand, und es gab weitere Arbeitsflächen,
auf denen ein Rührwerk und Schneidegeräte standen. Im
hinteren Bereich, neben dem Fenster, lag die Kühlkam-
mer, in der die Eisbehälter mit dem fertigen Eis aufbewahrt wurden. Paolo arbeitete nach alten Rezepten, die er
aus verschiedenen Büchern zusammengetragen hatte und
dank derer sein Eis in der gesamten Region so berühmt
geworden war, dass es inzwischen an einige Hotels und
noble Restaurants geliefert werden konnte. Er liebte seine
Arbeit. Eis war für ihn Magie. Schon als kleiner Junge,
als er noch mit seiner Familie im Friaul gelebt hatte, war
es für ihn das Größte gewesen, wenn es in der schweren

Wirtschaftskrise vor dem Krieg hin und wieder an Festtagen Eis zum Nachtisch gegeben hatte. Die Faszination für dieses Geschmackserlebnis hatte ihn nie verlassen. Es steckte ein Geheimnis in ihm, etwas, das er nicht verstehen konnte. Es war schon damals für ihn klar gewesen, dass er nicht wie sein Bruder, den es zum Militär gezogen hatte, einen üblichen Männerberuf erlernen, sondern diesem Mysterium auf die Spur kommen wollte. Und so stand er bis zum heutigen Tag immer wieder lange Stunden in seinem Atelier und arbeitete an neuen Kombinationen und neuen Geschmacksrichtungen, wobei es ihm wichtig war, wenn immer möglich mit frischen Früchten zu arbeiten. Wie konnte es gelingen, die volle Kraft einer Himbeere in ein Eis zu bringen, ohne dass die Süße die Säure überwog, ohne dass das Aroma durch die Zutaten, die es notwendigerweise brauchte, um das Eis geschmeidig zu halten, verfälscht wurde? Mit welcher Zutat konnte die Wirkung einer Mirabelle so verfeinert werden, dass ein volles, überwältigendes Erlebnis entstand, das so noch niemand je gekostet hatte? Mit diesen Fragen befasste er sich. Er stand in seiner Küche wie ein Magier in seinem Labor und arbeitete unermüdlich an neuen Sensationen für den Gaumen. Sein Erfolg, den er seiner Ausdauer zu verdanken hatte, machte ihn ruhig und sicher. Anders als sein Bruder, der sich immer beweisen musste, setzte er in seinem Leben einen Fuß vor den andern, hatte eine Gastronomiefachschule besucht und das Eismachen in einer kleinen Eisfabrik bei Venedig erlernt.

Dort lernte er Virginia kennen. Er war damals in der Produktion angestellt, sie in der Verwaltung. Ihr Vater war ein Bauunternehmer, der nach dem Krieg sehr viele Aufträge bekommen und ein Vermögen gemacht hatte.

Auf einem Betriebsausflug nach Jesolo verliebten sich die beiden ineinander. Paolo war entzückt von ihrer quirligen Art. Sie konnte sofort mit allen in Kontakt treten, während er, was Menschen anging, zurückhaltend und schüchtern war.

Ein Jahr später heirateten sie. Bei dem schnellen Entschluss dazu, hatte es für ihn eine Rolle gespielt, dass sie nicht aus armem Haus stammte, denn allmählich reifte der Gedanke in ihm, sich selbstständig zu machen und das Eis nach seinen eigenen Rezepten herzustellen. Er hatte sich ausgemalt, wie er seine Zukünftige, dieses hübsche, energische Mädchen aus wohlhabendem Hause, zu seiner Geschäftspartnerin machen, wie sie den kommunikativen und verwaltenden Teil übernehmen würde, während er in aller Ruhe in seiner Werkstatt tüfteln könnte.

Sein Wunsch ging in Erfüllung. Es war eine dieser praktischen, unromantischen Verbindungen, wie sie nach dem Krieg oft eingegangen wurden, und alles war in Ordnung, bis sie ihr erstes Kind verloren hatten. Der zarte Raffaele starb kurz nach seiner Geburt an Keuchhusten. Der Verlust legte sich wie ein dunkler Schatten auf die junge Familie. Welch schmerzhafte Erfahrung für die Eltern, ihren Liebling so sterben zu sehen! Äußerlich veränderte sich in ihrer Ehe nichts. Aber die schwarze Todeswolke legte sich bleiern auf ihre Seelen und wollte lange nicht weichen. Bei Virginia äußerte es sich so, dass ihr Redebedürfnis um ein Vielfaches zunahm. Bei ihm ging der Weg nach innen. Er sprach noch weniger als zuvor und vergrub sich in seinen Rezepten und Versuchen. Erst als ihr zweites Kind, Stefania, zur Welt kam, wurde es besser.

Deutschland war im Aufbruch in eine neue Zukunft,

mehr noch als Italien. Paolo und Virginia beschlossen, ihr Geschäft von Italien, wo Eis nichts Außergewöhnliches war, nach Norden zu verlagern. Sie wollten ihre Landsleute, die mehr und mehr nach Norden in die Fremde zogen, begleiten, um ihnen ein Stück Heimat zu bieten, aber auch, und der Erfolg gab ihnen recht, um die fremden Nordmenschen für einen Teil ihrer Kultur zu begeistern. Es waren vor allem die Deutschen, die sehr bald in großer Zahl ihre Eisdiele besuchten. Die eigenen Leute kamen auch; weniger des Eises, vielmehr des Kaffees, des Espressos wegen, den sie in Deutschland vermissten. Die Deutschen lernten nicht nur das Eis kennen. Andere Landsleute hatten die Spaghetti, die Pizza, das Tiramisu und das Olivenöl mitgebracht. Den südländischen Speisen gelang es mehr und mehr, die Front aus Sauerbraten, Semmelknödeln und Grünkohl zu durchlöchern.

Aber auch die Italiener lernten von den Deutschen. Die Einwohner von Nürnberg fanden an den Spaghetti-Gerichten, die in den neu entstandenen Trattorien gereicht wurden, ganz besonderen Gefallen und so erfand Paolo das Spaghettieis. Der Erfolg der Eisdiele am Kopernikusplatz gründete hauptsächlich auf dieser Neuheit. Es gab Sonntage, an denen der Nachschub auszugehen drohte, so sehr wollten alle diese Neuheit kosten, obwohl sie, wie Paolo etwas geringschätzig meinte, ja doch nur durch den Fleischwolf gepresstes Vanilleeis mit Himbeersoße war. Den Geschmack am Feinen und Raffinierten, werde ich den Deutschen noch beibringen müssen, dachte er bei sich.

Ein Problem der Familie blieb Stefania. Sie war drei Jahre bevor Paolo und Virginia nach Deutschland ausgewandert waren zur Welt gekommen. Die Geburt verlief problemlos, aber das Kind kränkelte von Anfang an und weckte Erinnerungen an ihren zwei Jahre zuvor qualvoll erstickten Raffaele. Sie wollten keinesfalls ihr zweites Kind auch noch verlieren und taten alles, was in ihrer Macht stand, damit sich die Kleine entwickelte. Von Ärzten wurde Kraftnahrung verordnet, Virginia brachte sie täglich an die frische Luft und scheute auch nachts keine Mühe, sie bei sich zu haben und zu bewachen. Beim kleinsten Laut wurde sie wach und gab ihr die Brust oder ein Spezialfläschchen mit einem eiweißhaltigen Konzentrat. Stefania schaffte es. Sie gewann an Stärke und Größe. Zwar blieb sie dünn und blass, aber sie lebte. Man verwöhnte sie mehr, als es für ein Kind gut war. Sie durfte Süßigkeiten haben, so viel sie wollte und man übte Nachsicht, wo Strenge notwendig gewesen wäre. Die kleine Stefania war der Mittelpunkt der Familie, eine kleine Prinzessin, die sehr bald herausfand, wie sie über ihre Eltern herrschen konnte. Leider aber war sie, zum Unglück ihrer Mutter, alles andere als schön. Es waren nicht nur der schmächtige, knochige Bau ihres Körpers, ihre überlangen Beine und Arme und ihre spinnenfingrigen Hände, es war auch ihr Gesicht mit den stark hervortretenden Wangenknochen, den unscheinbaren, in tiefen Höhlen sitzenden Augen und dem fliehenden Kinn, das dem armen Mädchen einen unweiblichen Habitus verlieh. Sie musste eine Zahnspange tragen. Dazu kam, dass sie kurzsichtig war und nicht ohne eine Brille auskam. Aber sie war klug. In der Schule war sie eine der Besten. Sie sprach perfektes Deutsch und liebte Bücher. Mit Vorliebe saß sie zuhause in ihrem Zimmer und las alle Jugendromane, derer sie habhaft werden konnte. In der Welt der Geschichten fühlte sie sich aufgehoben und vor der Öffentlichkeit geschützt. Nebst der Schule zwang sie nur der Gang zur Bücherei, aus dem Haus zu gehen.

Als sie zwölf Jahre alt war, setzte ihre Pubertät ein. Früher als bei den Mädchen ihrer Klasse hatte sie ihre monatliche Blutung, wofür ihr ihre Kameradinnen trotz ihrer äußerlichen Erscheinung Respekt zollten. Freundinnen hatte sie keine. Sie machte ihr Leben mit sich selber aus. Sie begann, sich ihren Eltern gegenüber zu verschließen. Man versuchte es mit einem Tier, wollte ihr einen Hund oder eine Katze als Gefährten geben. Sie lehnte ab. Auch an Pferden hatte sie kein Interesse. Aber dann geschah etwas, was ihr Leben veränderte. In ihrer Schule, sie besuchte inzwischen das Gymnasium, wurde ein Konzert gegeben. Die Schüler der Oberprima hatten mit ihrem ehrgeizigen Musiklehrer einige klassische Musikstücke eingeübt. ‚Une Larme‘ von Rossini und vor allem der Junge am Cello beeindruckten sie so sehr, dass sie beschloss, Cello spielen zu lernen. Virginia und Paolo waren überrascht und erleichtert über den Wunsch ihrer Tochter. Ein Cello wurde gemietet und in der Musikschule von Nürnberg wurde ihr ein Platz in der Anfängerklasse zugesichert. Stefania machte rasch Fortschritte. Sie hatte gefunden, was sie glücklich machte, ein Instrument, das sie forderte, hinter dem sie ihren langen Körper verstecken konnte und das sie mehr und mehr zu beherrschen begann. Sie übte täglich in ihrem Zimmer. Zunächst die Tonleitern, dann die langen Striche, die kurzen Stakkatos und schließlich kleine Stücke. Das Instrument und seine Spielerin begannen die Wohnung mit ihren Übungen zu dominieren, so dass beschlossen wurde, sie mit ihm in die Dachkammer zu versetzen. Und da bahnte sich ein neuer Konflikt an. Als es hieß, ihr Cousin Mauro käme für ein

Jahr in ihre Familie und dass ihm die Dachkammer zur Verfügung gestellt würde, war Stefania alles andere als erfreut. Schon bevor er, der Cousin, in Erscheinung trat, war er ihr Feind, der ihr etwas vom Kostbarsten wegnehmen würde, das sie bis dahin besaß: ihren Raum.

So war es nicht verwunderlich, dass Stefania Mauro am Tisch kaum beachtete, kein freundliches Wort an ihn zu richten bereit war und sich, als Paolo seiner Gewohnheit entsprechend wortlos aufgestanden und nach unten gegangen war, ebenfalls schnellstmöglich erhob und die Küche verließ.

„Kannst du bitte die Küche aufräumen?", rief Virginia ihrer Tochter nach. „Ich gehe jetzt mit Mauro nach oben und zeige ihm sein Zimmer."

„Jaja. Sein Zimmer."

„Stefania, ich glaube, wir haben darüber gesprochen, nicht wahr?"

„Was ist?", fragte Mauro dazwischen.

„Ach nichts. Das wird sich alles legen. Mach dir keine Gedanken. Das Zimmer, in dem du wohnen wirst, war, bis du kamst, ihr Zimmer. Sie spielt Cello. Diese ewigen Tonleitern, das war nicht mehr zu ertragen. Also haben wir ihr das Dachzimmer gegeben. Dort konnte sie üben, so viel sie wollte."

„Und jetzt?"

„Nun, wir haben noch keine Lösung. Aber vorerst werden wir ihr Gekratze wohl wieder hier unten hinnehmen müssen. Aber das hat dich nicht zu kümmern. Wir gehen jetzt nach oben und machen dann einen Rundgang durch das Café. Komm, nimm deinen Koffer und folge mir."

Mauro folgte Tante Virginia in den obersten Stock. Er

fühlte sich unwohl. Was sind das für Leute, mit denen er so lange Zeit zusammenleben wird? Ein junges Mädchen, das mich ablehnt, eine Frau, die redet wie ein Wasserfall, und ein Mann, der zwar freundlich wirkt, aber kaum ein Wort spricht. Wie soll das bloß gehen?, fragte er sich.

Das Zimmer sah gemütlich aus. Es war nicht groß, hatte aber alles, was es brauchte: einen Tisch, ein Bett einen Schrank und ein kleines Regal, auf dem ein Grammophon stand. Das Fenster, das in die Dachschräge eingelassen war, gab den Blick auf die südliche Stadt frei. Die Schäden, die der Krieg hinterlassen hatte, waren von hier oben deutlich sichtbar. Häuserzeilen, zwischen denen Lücken klafften, öde Plätze, Baukräne von den unzähligen Baustellen, auf denen Häuser abgerissen oder neu errichtet wurden. Die Stadt war schwer getroffen worden, aber der Wille und die Anstrengung, die Wunden schnell zu schließen, waren überall sichtbar.

„Rauchst du?"

„Ja."

„Hier oben ist das Rauchen verboten. Zu gefährlich. Aber sonst hast du alles, was du brauchst. Die Toilette ist gleich nebenan. Duschen kannst du bei uns in der Wohnung. Ich erwarte, dass du Ordnung hältst. Einmal in der Woche lege ich dir frische Bettwäsche bereit. Das Bett machst du selbst. Und hier, das Grammophon habe ich dir neu gekauft. Ein Willkommensgeschenk. Ich weiß doch, wie das ist. So weit weg von zuhause, alles fremd. Aber das wird schon werden. Nur Mut."

„Danke, Tante."

„Und hör mit dieser Tante auf. Für dich bin ich Virginia. Klar?"

„Klar."

„So, jetzt lass ich dich, damit du dich einrichten kannst. Nachher kommst du runter und ich zeige dir das Lokal und Paolo wird dich in sein Reich einführen, damit du siehst, wo du arbeiten wirst. Keine Angst, die Arbeit ist nicht anstrengend. Nur auf eines legen wir sehr großen Wert: Sauberkeit. Das ist das A und O in der Gastronomie. Und du wirst sehen, Paolo ist ein feiner Kerl, auch wenn er nicht viel sagt, ihr werdet euch verstehen. Wir müssen uns alle an die neue Situation gewöhnen.“

Virginia verließ die Kammer. Ihre Schritte knarrten auf der Treppe.

Mauro stand eine Weile unschlüssig herum. Dann nahm er seinen Koffer, legte ihn auf den Stuhl neben dem Bett und begann, seine Sachen in den Schrank zu räumen. Marias Beutel hatte er unten in der Wohnung gelassen. Seine kleine Schallplattensammlung, die zwischen den Hemden zum Vorschein kam, fand ihren Platz neben dem Grammophon. Er suchte sich die Platte von Rocco Granata heraus und legte sie auf. Die Wiedergabe war gut. Er streckte sich mit Aurelias blauem Haarband in der Hand auf dem Bett aus und schnupperte daran. Entfernt nahm er einen Geruch wahr, der der ihrige sein musste.

„Aurelia, Aurelia, Aurelia, ti voglio piu' presto …“

9.

Mauro gewöhnte sich schnell an sein neues Leben in Deutschland.

Mit Paolo verstand er sich gut. Morgens um acht Uhr traf er sich mit ihm im Café und nahm ein kleines Frühstück ein. Danach ging es in die Eisküche. Mauro hatte die

Aufgabe, die frischen Früchte zu waschen, von ihrer Haut zu befreien und dann im Mixer zu einem glatten Brei zu verarbeiten. Paolo legte Wert darauf, immer nur Früchte vom Markt zu verwenden, was dazu führte, dass je nach Saison andere Eisaromen angeboten wurden. Wenn es keine Erdbeeren mehr gab, gab es nur so lange Erdbeereis, bis der tiefgefrorene Vorrat aufgebraucht war. Eines der gut gehüteten Geheimnisse war das Pulver, das die Basis der Eisproduktion darstellte. Dafür war Paolo zuständig. Es bestand aus vielen Komponenten, die er immer wieder neu zusammensetzte. Dass das Eis beim Einfrieren keine Eiskristalle bildete und dennoch seinen natürlichen Geschmack nach Früchten, Nüssen, Vanille oder Jogurt behielt, war die große Kunst der Eisherstellung, die im Wesentlichen vom permanenten langsamen Umrühren, aber auch von diesem Basispulver abhängig war.

Die Arbeit machte Mauro Spaß. Es war Paolos Verdienst, denn er ermutigte Mauro in seiner knappen Art, in der mehr Anerkennung steckte, als wenn er ihn, wie Virginia es gelegentlich tat, überschwänglich gelobt hätte. Um zehn Uhr gab es eine Kaffeepause. Darauf freute sich Mauro, denn sie bot ihm die Gelegenheit, die beiden Mädchen zu sehen, die die Gäste im Café bedienten. Anke und Petra, die eine mit blondem Pferdeschwanz, die andere mit brünettem Bubikopf. Sie waren fröhliche, lachende Geschöpfe, die dem Italiano immer wieder zuzwinkerten und ihm die Wahl, wenn er sich für eine der beiden hätte entscheiden müssen, schwer gemacht hätten.

Das Mittagessen wurde in der Wohnung eingenommen. Tante Virginia kochte gut. Ihr Essen erinnerte Mauro an das von Maria: Zur Vorspeise gab es Mozzarella oder dünn geschnittenen Rohschinken, der erste Teller war ein

Pasta-Gericht, der zweite gebratenes Fleisch oder Fisch und zur Nachspeise gab es meistens Früchte. Nach dem Mittagessen hatte Mauro die Eisküche aufzuräumen und nach strengen hygienischen Vorschriften zu reinigen. Dann war sein Tagespensum erledigt und er hatte den Rest der Zeit für sich. Es war ihm zur Gewohnheit geworden, nach der Arbeit auf sein Zimmer zu gehen und seine drei Seiten aus *Krieg und Frieden* zu lesen. Inzwischen war er dort angelangt, wo eine alte Gräfin – oder war es eine Fürstin oder eine Herzogin? – den Fürsten darum bat, ihren Sohn in die Leibgarde des Zaren aufzunehmen. Ein anderer Adliger, er hieß Andrej, teilte seiner schönen, schwangeren Frau mit, dass er in den Krieg ziehen würde. Zu seinem Freund, einem Pierre, sagte er, dass er froh sei, von ihr wegzukommen.

Obwohl das Buch Mauro langweilte und er kaum Parallelen zu seinem Leben und seinen Interessen entdecken konnte, hielt er an dem Ritual fest. Es war der Moment, in dem er die Zeilen überfliegend an zuhause dachte, an Vittorio, dessen Zeichenheftchen er unter seinem Kopfkissen aufbewahrte, vor allem aber an Aurelia. Ihr Band trug er immer bei sich und ließ es, ihren Kuss auf seiner Wange erinnernd, jetzt, beim Lesen, durch seine Finger gleiten.

Dreimal in der Woche musste er zum Deutschunterricht. Einmal, am Montag, fand er in der Klasse statt. Die anderen beiden Male hatte er Privatstunden bei Gabriella. Er hatte keine Mühe, dem Unterricht zu folgen. In der Klasse war er mit Leuten, die älter waren und weniger schnell lernten als er. Es waren Frauen und Männer, die bei Siemens, bei Grundig und bei großen Versandketten arbeiteten und auf Grundkenntnisse in der deutschen

Sprache angewiesen waren. Leute wie Luigi fand man hier nicht. Die Männer, die auf dem Bau arbeiteten, kamen mit dem Vokabular aus, das sie während der Arbeit lernten und das ihnen durch die ständige Wiederholung geläufig wurde. Da es im Klassenunterricht nur schleppend vorwärts ging und Mauro sich zu langweilen begann, hatte ihm Gabriella den Vorschlag gemacht, bei ihr zuhause ergänzend zur Grammatik zwei Mal in der Woche Konversation zu üben.

Gabriella war eine Frau um die vierzig. Sie war ein dunkler Typ mit langen, meist nach hinten gebundenen Haaren. In ihrem Auftreten vor der Klasse wirkte sie sicher. Mit zweiundzwanzig Jahren hatte sie schon während ihres Germanistikstudiums in Bologna als eine der Übersetzerinnen im Kriegsministerium die Korrespondenz zwischen Deutschland und Italien erledigt. Sie hatte diese Tätigkeit angenommen, um nicht aufzufallen. Ihr Mann gehörte zum Widerstand gegen die Faschisten. Das Versteck seiner Partisaneneinheit wurde an die Deutschen verraten. Sie kamen in der Nacht. Das alte Gemäuer, in dem sie sich versteckt hielten, wurde mit Flammenwerfern in Brand gesteckt. Keiner überlebte.

Als der Krieg zu Ende war, wurde Gabriella verhaftet. Sie kam für kurze Zeit in Untersuchungshaft, wurde dann aber wieder freigelassen, da ihr keine direkte Kriegsschuld nachgewiesen werden konnte. Die ersten Jahre nach dem Krieg waren schwer für sie. Ihre Dienste waren nicht mehr gefragt. Die Faschisten taten so, als hätten sie mit Deutschland nie etwas zu tun gehabt. Die deutsche Sprache wurde unbeliebt. Als dann die ersten Gastarbeiter nach Norden auswanderten, nahm sie die Gelegenheit wahr, bewarb sich beim italienischen Bildungsministerium, das dabei war, ein Schulsystem für die italienische Sprache im Ausland aufzubauen. So bekam sie eine Stelle in Nürnberg.

Gabriella mochte Mauro von der ersten Minute an. Seine zurückhaltende Art gefiel ihr. Sie freute sich über seine rasche Auffassungsgabe, seine Fortschritte. Und dann spürte sie auf einmal eine Unruhe, eine Anspannung, wenn Mauro bei ihr war. Seit dem frühen Tod ihres Mannes hatte sie allein gelebt. Wohl hatte es Begegnungen mit dem anderen Geschlecht gegeben, die aber alle zu nichts führten. Keiner, der sich um sie bemüht hatte, konnte die Erinnerung an ihren geliebten Daniele verdrängen. So wie es nur starke Frauen vermögen, die gefestigt im Leben stehen, hatte sie es all die Jahre vorgezogen, in Einsamkeit und ohne Zärtlichkeiten zu leben, denn sie fühlte keine Liebe, zu keinem Mann, zu keiner Frau, zu niemandem. Sie war überzeugt, dass dieses große Gefühl der Sehnsucht nach Vereinigung in ihr abgestorben und zusammen mit ihrem Daniele begraben worden war. Und dann war plötzlich Mauro da. Er war unaufdringlich und von ausgesuchter Höflichkeit, etwas schüchtern, wie ihr schien, und doch hatte er einen so klaren Blick und eine aufrechte, feste Haltung, dass sich in ihrem Innern etwas zu regen begann, von dem sie nie gedacht hätte, dass es noch in ihr lebte. Die ersten Anzeichen dieses Wandels nahm sie wahr, als sie beim Einschlafen den Gedanken an ihn nicht mehr wegschieben konnte. Vor ihrem inneren Auge sah sie sein zartes, jugendliches Gesicht und konnte nicht begreifen, dass es nicht von ihr weichen wollte. Sie war entsetzt, als sie sich eingestehen musste, dass er sie mehr beschäftigte, als es, seines Alters wegen, gebührlich gewesen wäre. Sie hatte nicht zu dürfen, was sie zu wollen begann. Was? Ihn lieben, begehren, zu sich nehmen und ihm sein Leben, seine Zukunft stehlen? Ihn für sich beanspruchen, zulassen, dass er die Zeit ihrer jahrelangen Entbehrungen beendete? Das durfte nicht sein. Niemals. Sie schlug ihn sich aus dem Kopf. In ihrem Körper jedoch blieb er zurück. Die Welle war nicht aufzuhalten. Ihr Fundament wurde zusätzlich erschüttert, als sie sah, dass sie angefangen hatte, sich wie ein junges, kokettes Mädchen zu benehmen. Sie schminkte sich, sie tauschte die Hosen gegen modische Röcke, sie frisierte sich und achtete darauf, gut zu riechen. Alles wurde anders in ihrem Leben. Und es war schön. Sie fühlte in ihrem Innern eine frühlingshafte Kraft, die sich in ihrem gesamten Körper ausbreitete. Im Widerstreit zwischen Wollen und nicht Dürfen ging sie nachts zu Bett und ließ ihren Tränen freien Lauf, wobei sie nicht sagen konnte, ob vor Glück oder böser Ahnung.

Mauro nahm die Spannung wahr. Er verstand es, sie richtig einzuordnen und war Manns genug, sich von ihr nicht irritieren zu lassen. Umso mehr bemühte er sich, sich auf den Grund seiner Anwesenheit in ihrer Wohnung, das Erlernen der deutschen Sprache, zu konzentrieren. Die jahrelangen Entbehrungen, denen Gabriella ausgesetzt gewesen war, hatte er nicht. Er hatte nichts, was er einmal besaß und das ihm wieder entzogen worden war. Er saß noch im Ei wie all jene, die von der süßen, frischen Luft noch nicht gekostet hatten. Aber das Ei bekam einen Sprung. Der Eizahn tat sein Werk. Ihre zarten, scheinbar zufälligen Berührungen beim Erklären, Hindeuten oder Umblättern elektrisierten ihn. Dadurch, dass sie ihm in den Pausen Kaffee zubereitete, dabei fortlaufend gut gelaunt auf Deutsch mit ihm plauderte und ihm in seiner stammelnden und um Worte ringenden Verlegenheit tröstend die Hand auf seine Schulter legte, entwickelte sich eine Leichtigkeit, in der sich seine Zurückhaltung mehr und mehr aufzulösen begannen.

Ihre Knie berührten sich unter dem Tisch und es war nicht auszumachen, wer von beiden jeweils den Vorstoß wagte und wer derjenige war, der nicht zurückwich. Einmal saßen sie nach einer Konversationsstunde bei einer Cola auf dem Sofa. Er fragte Belangloses, sie antwortete zerstreut, wie es zwei Menschen tun, bei denen das Gespräch als Vorwand dient.

Er wollte sie küssen und wusste nicht, wie er es anstellen sollte. Sie sehnte sich danach, geküsst zu werden und wartete darauf, dass er den Vorstoß wagte. Mauro spürte es und verharrte in Verlegenheit. Er wusste, dass es an ihm lag, zu handeln. Er legte seine Hand auf ihren Oberschenkel. Sie legte ihre Hand auf seine. Ihre Köpfe kamen sich näher. Der Weg zu ihren Lippen wurde kürzer. Sie fanden sich und mit überwältigender Plötzlichkeit öffneten sie sich zueinander und vereinten sich mit ihren Köpfen, ihren Lippen, ihren Zungen und den Düften einer absoluten Nähe. Sie presste sich an ihn. Er spürte ihre Brust durch ihre Bluse. Sie suchte seinen Schenkel und war merklich entzückt vom muskulösen Fleisch dieses jungen Mannes. Weiter ging sie nicht. Das Erahnen seiner Erregung in diesem langen, die Welt aus den Angeln reißenden Kuss war ihr genug.

Als Mauro Gabriella verließ und auf die Straße trat, fühlte er sich stark. Der Stein vor seiner Höhle war verrückt. Der Weg ins Leben frei. Mit hüpfendem Herzen

eilte er nach Hause. Er wurde gewollt, begehrt, vielleicht
sogar geliebt.

10.

In *,Krieg und Frieden'* war Mauro inzwischen dort angelangt, wo Pierre – entgegen dem Ehrenwort, das er
Fürst Andrej Bolkonski gegebenen hat – einer Einladung
von Anatole Kuragin, in die Gardekavalleriekaserne zu
kommen, gefolgt war und dort Zeuge eines grotesken
Spektakels wurde. Er fand die volltrunkenen Offiziere des Semjonowski-Regiments im Zimmer neben dem
Speisesaal damit beschäftigt, einen Bären an der Leine
zu führen. Dolochow und Stiwens traten im Wetttrin-
ken gegeneinander an. Gewinnen würde, wer auf dem
Fenstersims stehend eine ganze Flasche Rum austrinken
konnte, ohne dass die Hände die Flasche oder den Fens-
terrahmen berührten. Dolochow war der Sieger, wofür
er von den anderen Beifall erntete.

Man wechselte anschließend das Lokal und zog mit dem
Bären in die Wohnung einer Schauspielerin. Ein wegen
des Lärms herbeigerufener Polizeibeamter wurde dem
Bären auf den Rücken gebunden und in einen Kanal ge-
schmissen. Er konnte gerettet werden, aber in der Folge
wurde Dolochow degradiert, Anatole Kuragin und Pierre
Besuchow wurden aus Petersburg ausgewiesen.

Obwohl Mauro mit diesem Buch noch immer nichts
anfangen konnte, ging beim Lesen dieser Seiten etwas in
ihm vor. Es war kein konkreter Gedanke, mehr ein Bild
von diesem übermütigen Treiben, das ihn, bekräftigt durch
den Stadtverweis der beiden, an sein eigenes Schicksal

erinnerte. Und plötzlich war es wieder da, sein eigenes unbedachtes Handeln, sein Mitmachen. Er erinnerte sich an die an Wahnsinn grenzende Ekstase, in die er im Auto des Generalvikars geraten war, und an die Folgen seines Handelns. Seine kranke Mutter fiel ihm ein. Er wollte ihr auf ihren Brief antworten, aber er tat es nicht. Mit Paolo und Virginia sprach er nicht darüber.

Gabriella hatte er davon erzählt, nachdem sie zum ersten Mal miteinander geschlafen hatten. Es war die Hitze des Sommers, die offenen Fenster, der kühlende Abendwind, der ihre halbnackten Körper umspielte, der sie verführte, einander zu verführen und sich ganz zu gehören. Sie lag auf ihren Arm gestützt neben ihm, streichelte ihn und betrachtete seinen jungen, unerfahrenen Körper, der bebte, sich ansonsten jedoch nicht rührte. Da fiel er plötzlich über sie her.

„Langsam, Amore, langsam", flüsterte sie ihm ins Ohr. Mit beiden Händen umfasste sie sein Gesäß und führte ihn zu seinem ersten Höhepunkt mit einem weiblichen Wesen, der ihn, wie beim Bersten einer Staumauer, auf einer gewaltigen Flutwelle fortriss. Er kam nicht, er ging; weg aus seinem Körper wurde er ein Teil von ihrem.

Es brach aus ihm heraus. Tränen und Schluchzen schüttelten ihn, bis er sich allmählich unter ihren zarten Berührungen wieder beruhigte.

„Danke." Er kam sich blöd vor, als er sich dieses Wort sagen hörte.

„Ich danke dir", entgegnete sie. „Ich habe nicht daran geglaubt, dass ich dieses Körperglück noch einmal erleben werde."

„Meine Mutter ist schwer krank. Ich kann es nicht fassen. Weiß nicht, was ich tun kann, tun muss. Sie wird bald

sterben. Sie gab mir einen Brief zum Abschied, in dem
es stand. Ich konnte ihn erst lesen, als sie schon weg war.
Ich kann nicht vergessen, wie sie am Bahnhof von Turin
wegfuhr."

„Sie wollte dich schützen."

„Wovor?"

„Sie wollte dir ersparen, sie leiden zu sehen. Das hättest
du nicht ertragen."

„Woher weißt du das?"

„Ich spüre es."

Mauro schloss die Augen. Sein Kopf ruhte an Gabriellas
Brust.

„Tesoro, es ist schon spät. Wir wollen nicht, dass du
Schwierigkeiten bekommst", flüsterte sie in sein Ohr.
Blinzelnd kam er aus einem Schlummer in die Wirklichkeit zurück und erhob sich vom Bett seiner ersten Liebe.
Der Wind hatte den Schweiß auf seiner Haut getrock-
net. Er zog sich seine Kleider an, die auf dem Fußboden
verteilt lagen.

Der Abschied von Gabriella war knapp. Er küsste sie,
weil er dachte, dass man das so machte. Dabei war er mit
seinen Gedanken schon weit weg. Sie schubste ihn zärtlich
aus ihrer Wohnung. Er nahm beim Hinuntergehen zwei
Treppenstufen auf einmal. Er hatte es eilig, wegzukommen, hörte aber noch, wie sie die Wohnungstür mit dem
Schlüssel zweimal abschloss.

Das Abendessen hatte er verpasst. Nach Hause gehen
wollte er nicht. Er kostete das großartige Gefühl in sich.
Wie ein Bergsteiger, der einen schweren Rucksack auf den
Gipfel schleppt, ihn, oben angekommen, von sich wirft
und in die Ferne blickt.

„Sei ein Mann", hatte ihm der Rektor der Schule gesagt,

als Mauro mit Tränen in den Augen von seinem Schulausschluss erfahren hatte. Jetzt fühlte er sich wie ein Mann. War sie jetzt seine Frau, sie, die seine Mutter sein könnte? Er schauderte bei dem Gedanken, mit seiner Mutter geschlafen zu haben.

Vor dem Hauseingang am Kopernikusplatz blieb er einen kurzen Moment stehen. Er wollte da nicht hinein. Diese Leute gehen mich nichts an, dachte er und setzte seinen Weg fort. Am Aufseßplatz hatte er vor einigen Tagen eine Bar entdeckt, die American Casino hieß. Dorthin zog es ihn. Das Lokal glich einem Westernsaloon mit Flügeltüren und einem wuchtigen Tresen, an dem junge Männer in Militäruniform standen. Im hinteren Teil gab es einen Billardtisch, daneben eine Tanzfläche. Ein Countrysänger saß auf einem hohen Stuhl. Sein Mund war so nah am Mikrophon, dass es aussah, als würde er im nächsten Moment hineinbeißen. Der Raum war erfüllt von seinem schnellen Rhythmus, zu dem die Paare auf der Fläche vor ihm herumwirbelten. Im vorderen Teil des Lokals saßen hübsch herausgeputzte Mädchen an kleinen Holztischen hinter ihren Getränken, aus denen Strohhalme ragten. Kichernd warteten sie darauf, von den Jungs am Tresen zum Tanz aufgefordert zu werden. Mauro bahnte sich einen Weg durch die vielen Leute. Am Tresen angekommen bestellte er sich ein Bier.

„Bist du denn schon achtzehn?“, fragte ihn die Frau hinter der Bar.

Mauro zögerte.

„Are you eighteen?“

„Naturlich ist der eighteen. Gib uns zwei Bud“, mischte sich der junge Soldat ein, der neben Mauro stand. „My name is John“, stellte er sich an Mauro gewandt vor.

„Mauro.“

„Oh! Erfreut, dich kennenzulernen, Mauro. Where are you from?“

„Italy.“

„Wow, nice place.“

Die Frau stellte zwei Flaschen Bier vor sie hin.

„Cheers.“

Sie stießen die Flaschenhälse gegeneinander.

„And you? Where do you come from?“, fragte Mauro.

„Ich? Ich komme von den Barracks. No, nur Spaß. Harlowton, Montana.“ John überragte Mauro um einen ganzen Kopf. Er hatte blaue Augen und strohblondes Haar, das auf einen Fünf-Millimeter-Schnitt gekürzt war. Die Mütze hatte er unter den Schulterriemen geklemmt. John sah freundlich auf Mauro hinunter, während er ihm eine Lucky Strike anbot. „You know, die mussen fragen dein Alter, die Gesetze are very strict here in old Germany.“

„Danke für das Bier.“

„Not for that. Nice place here, denkst du nicht?“

Mauro sah sich um, nickte. „Bist du oft hier?“

„Oh ja, jeden Mittwoch wir durfen hinausgehen.“

„Was machen die Amerikaner hier in Deutschland?“

„There is a whole lot to do. We are the winners, die Sieger, und wir defend the west `gainst the Sowjets. Die sind nah von hier. Hundert Kilometer. Wir mussen aufpassen auf die Deutschen. Viele hassen uns. Sie wollen nicht begreifen, dass wir sie geschlagen haben. Sie traumen immer noch von ihrem bloody third Reich. Manchmal hier kommen solche Leute in die Bar. Sie provozieren und suchen Streit. Not good. Aber ich will nicht von diesen Sachen reden. Come on, let's dance. So viele hubsche Mädchen.“

John drückte seine Zigarette im Aschenbecher aus und

drehte sich zu den Tischen um, an denen die jungen Damen saßen. Er zwinkerte Mauro zu, forderte ihn mit einer Kopfbewegung auf, ihm zu folgen und trat an einen der Tische heran. Halblaut sagte er zu Mauro, der ihm gefolgt war: „Pass auf, ich habe ein Wort gelernt, mit dem es klappt. Soll aus einem german book kommen." Er wandte sich wieder dem Tisch zu, machte eine linkische Verbeugung und sagte zu dem Mädchen, das ihm am nächsten war: „Mein schones Fraulein, darf ich wagen, dich zum Tanz zu tragen?" Er erntete Gekicher von allen dreien.

„Also tragen musst mi fei ned, Mister Faust, aber wennst tanzen willst, komm i gern", entgegnete die hübsche Brünette, nahm ihre Handtasche und stand auf. Die Kollegin neben ihr erhob sich ebenfalls, nachdem Mauro ihr wortlos seine Hand entgegengestreckt hatte. Mit gespitzten Lippen übergab sie ihre Handtasche der dritten, die enttäuscht sitzen blieb.

Der Countrysänger, der auch als Discjockey fungierte, legte seine Gitarre weg und legte Rock ‚n' Roll auf. Mauro und seine Partnerin harmonierten schnell. Rock ‚n' Roll war seine Musik. Seine und Vittorios. Der Rhythmus und die göttliche Stimme von Elvis übertrugen sich augenblicklich auf seinen Körper, auf seine Beine, die den Takt aufnahmen und sich im Hochgefühl seines nachmittäglichen Erlebnisses wie von selbst in Bewegung setzten. Er nahm das Mädchen an der Hand, zog es an sich, stieß es wieder weg und ließ es Pirouetten drehen. Es klappte immer besser. Rücken an Rücken gingen sie in die Knie und schaukelten sich wieder hoch, nahmen sich über Kreuz an den Händen, nur um sich erneut herumzuwirbeln. Je länger sie miteinander tanzten, desto geschmeidiger gelang ihnen jede Figur. Mauro führte sie geschickt, sie ließ sich auf alles ein.

„Ich bin Mauro", sagte er, als sich ihre Köpfe nahe kamen.

„Silke", rief sie in sein Ohr, als sie das nächste Mal aneinander vorbeikamen. „Du tanzt gut."

„Ja, du auch. Macht Spaß", erwiderte Mauro.

Nach einer kurzen Pause, in der die Paare wieder zu Atem kommen konnten, kam ein langsames Stück. Silke trat an Mauro heran und schlang ganz selbstverständlich ihre Arme um seinen Hals. Ihre Hüften schaukelten im sanften Rhythmus einer Schnulze. Mauro spürte dieses kräftige Mädchen an seinem erhitzten Körper. Sie zeigte keine Scheu vor Nähe; sie ließ es zu, dass er seinen Arm um sie legte und schien es zu genießen, ihn ihren drallen Leib spüren zu lassen. Nur wenige Stunden war es her, dass er zum ersten Mal mit einer Frau geschlafen hatte, und nun lag er bereits in den Armen eines anderen weiblichen Wesens. Er war im Taumel. So muss sich Odysseus bei Kirke gefühlt haben, dachte er, und kostete das Ambrosia, als das ihm Silkes Schweißperlen vorkam.

„Bist du eigentlich schon eighteen?", fragte John, als er, die Tanzfläche mit seiner neuen Flamme verlassend, augenzwinkernd an Silke und Mauro vorüberging.

„You tell me", antwortete Mauro grinsend.

11.

Die Wochen zogen ins Land, ohne dass sich Wesentliches ereignete. Mauro kämpfte sich weiterhin täglich tapfer durch Carlas Buch, um seinen Anfällen von Sehnsucht nach Carignano entgegenzuwirken. Er war inzwischen dort angelangt, wo der alte Besuchow nach dem x-ten

Schlaganfall endlich gestorben und der heftige Kampf um sein Testament entbrannt war. Wie eine Amazone kämpfte die alte Fürstin Michailowna für das materielle Wohl ihres Sohnes, indem sie der Besuchow-Tochter das Portefeuille mit der letztwilligen Verfügung ihres Vaters entriss. So hatte seine Mutter nicht um ihn gekämpft. Sie hatte geduldet und zugelassen. Aber sie war krank und konnte nicht kämpfen. Und die jungen Männer wollten alle in den Krieg ziehen, sich bewähren, ihrer Heimat und ihrem Zaren zeigen, wozu sie fähig waren. Es stieß Mauro ab. Er hatte kein Verständnis für Krieg. Der letzte, der Europa verwüstet hatte, hatte auch Spuren in seiner Familie hinterlassen. Kriege brachten Väter wie den seinen hervor: gefühllos, kalt und ohne Gnade. Mauro wollte kein Kämpfer sein. Er wollte leben und genießen. Tanzen, Fußball, Reisen, Abenteuer, sich nicht verpflichtet fühlen, schon gar nicht einer Heimat gegenüber, zu der er ein zwiespältiges Verhältnis hatte, die zwar das Land seiner Sprache und seiner Mutter war, die ihn aber auch enttäuschte und entsetzte, weil es immer noch zu viele Faschisten gab. Diese unausrottbare Plage traf man überall, sogar unter denen, die nach Deutschland kamen, zuletzt sogar an der Geburtstagsfeier von Stefania, im Haus von Virginia und Paolo.

Virginia richtete ein großes Familienfest aus. Im Café baute sie anstelle der vielen kleinen, runden Tische eine große Tafel in Form eines Hufeisens auf. Es kamen viele Leute. Auch Giovanni und seine schöne Gina waren da. Stefania, von ihrer Mutter so gut es ging zurechtgemacht, trug ein weißes, langes Kleid mit Puffärmeln, was dem dünnen Körper etwas mehr Fülle hätte verleihen sollen. Sie saß verloren in der Mitte der Tafel, umgeben von den gewaltigen Leibern ihrer Verwandten und Freunde, die sie zu erdrücken schienen. Mauro wurde am unteren Ende der Tafel platziert, nachdem er allen als der Neffe aus Carignano, der ein Deutschlandjahr absolviere, vorgestellt worden war. Von der peinlichen Bekanntgabe des wahren Grundes seines Hierseins wurde er glücklicherweise verschont. Man nahm ihn freundlich auf, verhielt sich ihm gegenüber aber eher wenig interessiert. Bis auf den Mann, der Mauro direkt gegenüber saß. Er wurde Zio Fausto genannt, obwohl er mit der Familie nicht verwandt war. Er musterte Mauro mit einem ironischen Lächeln und begann, ihn auszufragen. Er war schlank und groß gewachsen, trug einen Schnurrbart, hatte ergraute Schläfen und eine hohe Stirn, die durch seine Geheimratsecken noch höher wurde. Neben ihm saß seine Frau, eine blondierte Mittvierzigerin mit dunkelrot geschminkten Lippen und einem tief ausgeschnittenen Kleid, das den Blick auf ihren mächtigen Busen und die darauf tanzende unechte Perlenkette freigab. Sie hatte ihren Mund zu einem süßlichen Lächeln verzogen und starrte Mauro an.

Auch Gabriella war anwesend. Sie saß in der anderen Tischreihe gegenüber von Mauro. Ihr Gesicht wurde von den breiten Schultern eines älteren Herrn verdeckt. Nur wenn sie sich etwas zur Seite neigte, konnte sie einen Blick auf Mauro werfen, dem dieser aber auszuweichen versuchte. Es war ihm unangenehm, dass sie unter den Gästen war. Er vermied alles, was darauf hätte hindeuten können, dass zwischen ihnen eine Verbindung bestanden hatte, die über den Sprachkurs hinausgegangen war. Eine Verbindung, die ihm immer unpassender erschienen war, je mehr Zeit er mit Silke verbracht hatte. Sie war die Richtige für ihn, die Junge, die Ebenbürtige.

Die Deutschstunden mit Gabriella hatten bis vor Kurzem noch immer regelmäßig stattgefunden. Mauro hatte Fortschritte gemacht. Er konnte sich inzwischen gut in der fremden Sprache ausdrücken. Und nach jeder Stunde liebten sie sich, obwohl Mauro einen immer stärkeren Widerwillen dagegen empfand. Schon beim zweiten Mal schob sich das Bild seiner Mutter über Gabriellas Gesicht, als er auf ihr gelegen und sie ihn mit ihrem leidenschaftlichen, dankbaren Blick von unten herauf angesehen hatte.

Er empfand Lust, gegen die er sich nicht wehren konnte, und Ekel zugleich. Sie hatte Macht über sein Verlangen, was ihn wütend machte; wütend auf sie aber auch auf sich, weil er ihm jedes Mal aufs Neue erlag. Und Gabriella ahnte, dass ihre Verbindung nicht von Dauer sein konnte. Sie hatte dem jungen Fohlen auf die ungelenken Beine geholfen. Noch folgte es ihr, aber bald würde es aus purer Freude an der gewonnenen Freiheit davon springen und eines Tages ganz wegbleiben. Sie war sich dessen bewusst und ahnte, dass sie traurig und einsam zurückgelassen werden würde. Also versuchte sie, den Moment so lang wie möglich hinauszuzögern. Noch gelang es ihr, das Fohlen mit einer zarten Berührung ihrer Brust, wenn sie hinter ihm stand, oder mit der Magie ihrer Fingerspitzen bis er den glasigen Blick bekam, immer wieder einzufangen, aber bald, sehr bald würde er sich von ihr abwenden und ihrem faltigen Gesicht und ihren hängenden Brüsten die Arme einer Gleichaltrigen vorziehen. Sie würde ihn gehen lassen müssen und hoffte nur, dass sie dann stark genug sein würde, ihre Tränen vor ihm verbergen zu können.

Der Augenblick kam früher, als sie dachte.

Als Mauro einmal mit Silke den Ufern der Pegnitz entlangradelte und sie an einem einsamen Platz miteinander

Sex hatten, konnte es kein Zurück mehr zu Gabriella geben. Er musste sich von ihr befreien, fand aber nicht den Mut, mit ihr zu sprechen. Er wich ihr aus, indem er den Deutschunterricht aufgab, sich nicht mehr bei ihr meldete. Sie würde es verstehen, so hoffte er, und ihn in Ruhe lassen. Schließlich war sie die Ältere.

Und jetzt war sie an diesem Fest. Warum? Um ihn zur Rede zu stellen?

Dieser Zio Fausto ließ nicht locker. Er wollte unbedingt alles über Massimo Garello in Erfahrung bringen und verwickelte Mauro, was ihm unangenehm war, in ein Gespräch über seinen Vater, die Carabinieri und die Alpini, zwischen denen er einen geschichtlichen Zusammenhang konstruierte. Er wurde nicht müde, ihre Tapferkeit und Heldenhaftigkeit im Kampf für das große Italien hervorzuheben.

„Nun lass doch den Jungen mit deinen Reden in Ruhe", mischte sich seine Frau ein, „du machst ihn noch ganz konfus."

„Der Junge muss wissen, woher er kommt und wer seine Väter sind."

„Hör einfach nicht hin", wandte sie sich an Mauro. „Wenn er in Fahrt gerät, ist er nicht zu bremsen." Sie griff mit ihrem fleischigen Arm über den Tisch und tätschelte Mauro die Hand.

Nach dem üppigen Essen, das aus mehreren Gängen bestand und mit einer Riesenportion hausgemachtem Eis und einem Caffè Corretto endete, kündigte Virginia an, dass ihre Tochter Stefania nun ein kleines Stück auf dem Cello zum Besten geben würde. Die arme Stefania – überrascht von dieser Ankündigung – lief rot an und wusste nicht, wie sie ihre Verlegenheit verbergen sollte. Sie wandte sich an ihre Mutter und flüsterte ihr heftig gestikulierend etwas ins Ohr. Was sie zu ihr sagte, war, auch ohne, dass man die einzelnen Worte verstand, deutlich genug: Sie drückte ihr Entsetzen, ihre Verweigerung, ihre kompromisslose Ablehnung aus. Dann stand sie auf und rannte davon. Virginia unterband das Raunen im Publikum, indem sie die Sache mit einem Blumenstrauß aus beschwichtigenden, erklärenden und verständnisheischenden Worten zurechtzurücken versuchte: „Ach, ihr wisst ja, wie das so ist in diesem schwierigen Alter. Wir wollen nicht länger darauf bestehen, aber ich sage euch, sie hat große Fortschritte gemacht auf ihrem Cello, sehr große Fortschritte. Wir sind stolz auf unsere Tochter, nicht wahr, Paolo, wir sind stolz auf sie. Aber wie das so ist bei diesen sensiblen Künstlern, es ist eben nicht einfach. Und deshalb wäre es doch schön, wenn wir jetzt alle einen Beitrag zum Besten geben würden. Lassen wir uns die Laune nicht verderben! Also avanti.“

Sie stimmte ein Lied an. Einige fielen ein. Allmählich sang der ganze Saal. Am Anfang waren es die Volkslieder, die jeder kannte. Dann kamen die aktuellen Hits, an deren Texte man sich grade so erinnern konnte, an die Reihe: die Lieder von Adriano Celentano, dem neuen Stern am Himmel der Musik, von Domenico Modugno, Peppino di Capri und der frechen Mina, aber auch, zur Freude von Mauro, vom unvergleichlichen Rocco Granata mit seiner Marina / Aurelia. Alles hatte Platz. Mehr und mehr mischten sich aber unter der Initiative von Zio Fausto Melodien darunter, von denen nicht alle im selben Maße begeistert waren, weil sie an eine Zeit erinnerten, die der Vergangenheit angehörte und die die meisten lieber vergessen hätten. Als Zio Fausto am unteren Ende des Tisches, an dem auch Mauro saß, zunächst ganz leise und in eine Pause hinein summend, dann immer kräftiger und den Text mitsingend ‚*giovinezza*‘ anstimmte, kippte die Stimmung im Saal. Virginia blickte entsetzt zu ihrem Mann, der keine Miene verzog und so tat, als ginge ihn das nichts an. Auf einigen Gesichtern gefror die Fröhlichkeit zu einer starren Maske. Andere blickten verlegen um sich und versuchten zu lächeln. Eine kleine Anzahl Männer aber stimmte ein in das alte Faschistenlied, in dem Mussolini als Held gefeiert wurde. Sie standen auf und griffen sich mit der rechten Hand ans Herz. Das ermutigte Zio Fausto, der als einziger den gesamten Text auswendig konnte. Sein Gesicht lief rot an und sein Unterkiefer zitterte, als er am Ende des Lieds seinen rechten Arm zum Gruß hob. Ein Tumult entstand. Die Sänger wurden niedergebrüllt. Ein Gegenlied wurde angestimmt. Gabriella war es, die mit Bella ciao dazwischen ging und einige andere mit sich riss. Sänger und Gegensänger lieferten sich ein Duell, das auszuufern drohte. Nur Paolo blieb stumm auf seinem Stuhl sitzen und schloss die Augen.

Virginia war es, die dem Treiben ein Ende bereitete, indem sie eine Schüssel, die vor ihr auf dem Tisch stand, ergriff und sich damit in die Mitte der Tische begab. Sie schleuderte die Schüssel zu Boden, wo sie mit lautem Klirren zerschellte. Es wurde augenblicklich still.

Mauro war aufgestanden und beobachtete die Szene von der Tür aus. Während alle Virginia anstarrten, verließ er den Saal. Er ging auf sein Zimmer, wo er seine Krawatte ablegte, sein Hemd wechselte und sich einen Pullover um die Schultern knotete. Dann eilte er die Treppen hinunter und verließ das Haus.

Zu diesem Zeitpunkt wusste er nicht, dass es für immer war.

12.

Mauro schlenderte ziellos in den Straßen von Nürnberg herum und betrat nach einer Weile das American Casino. Er hoffte darauf, Silke zu treffen. Als er die Flügeltür zurückschlug, empfing ihn ‚*I need your love tonight*‘. Die Bar war voll mit amerikanischen Soldaten. An den Tischen saßen die Mädchen hinter ihren Drinks. Das übliche Bild. Silke war nicht unter ihnen. Auch ihre Freundinnen waren nicht da. Mauro ging zur Bar und holte sich ein Bier. Mit der Flasche in der Hand suchte er das Lokal ab und fand John, der auf der Tanzfläche mit einem Mädchen beschäftigt war. Der lange John hielt eine süße Schwarzhaarige im Arm, die sich an ihn schmiegte und mit seinen schlaksigen Schritten mithielt. Sein Kinn lag auf ihrem Scheitel. Er drehte seinen Kopf zu Mauro. Schelmisches Schmunzeln. Die Kleine verharrte ganz still an seiner Brust, nur ihre Beine bewegten sich im Takt von Elvis’ Song, der in schmachtenden Girlanden aus den Lautsprechern schwappte. Als das Lied zu Ende war, kamen sie auf Mauro zu.

„Hey, good to see you. Darf ich dir vorstellen: Anke.“

„Mauro.“

Sie lächelte und streckte ihm ihr Händchen entgegen. Gehäkelte Handschuhe, wie Aurelia.

„Let’s sit.“

John bahnte sich den Weg zu einem freien Tisch und fragte Anke, was sie trinken wolle.

„I nehm an Radler.“

John rief ihre und seine Bestellung zum Barmann hinüber, der mit einem Daumen hoch quittierte.

„How's life, Mauro?“

„Alles okay.“

„This man is a very good dancer und ain Hersensbrecker. So be aware of him.“

Die Bedienung im Indianerkleid und mit Cowboyhut brachte die Getränke.

„Let me pay for it“, sagte Mauro, als John seine Taschen nach Geld absuchte.

„Des is fei nett von dir. Danke“, ließ Anke ihr feines Stimmchen hören.

Die Flügeltür wurde aufgestoßen und drei junge Männer betraten das Lokal. John schaute zur Tür. Sein Blick verfinsterte sich.

„The troublemakers.“

Die drei traten an den Tresen und schoben die dort Stehenden unsanft zur Seite. Sie trugen dunkle Fliegerjacken und Kurzhaarschnitte.

„Ein deutsches Bier.“

„Ein deutsches Bier.“

„Ein deutsches Bier.“

Der Barmann zog die Augenbrauen hoch, als er drei Flaschen Tucher Bräu vor sie hinstellte.

„Is was?“

Der Angesprochene ging ohne auf die Frage zu antworten weiter seiner Arbeit nach.

„I hab di was gfragt!“

„Mach hier keinen Ärger.“

„Was war des? Kein Ärger? Den Ärger machts ihr doch. Des ganze Lokal is an Ärger. Mir san hier nämlich in

Deutschland. Der ganze Ami-Cowboy-Scheiß hier is an Ärger. Damit des klar is.“

Und zu den Soldaten neben ihnen: „Ihr seids der Ärger hier. Habts ihr nix zum Trinken in euren Kasernen, dass ihr alle herkommts?“

Die GIs wandten sich ab. Die Bierflasche in der Hand drehte sich der Mann zu den Gästen im Lokal um, schaute fordernd in die Runde. Die Musik wurde lauter. Oder schien es nur so? Er löste sich vom Tresen, trat scheinbar zufällig an den Tisch, an dem Mauro, John und Anke saßen. Mit angetrunkener Verwegenheit und heruntergezogenen Mundwinkeln baute er sich vor ihnen auf und sah der eingeschüchterten Anke mit eiskaltem Blick herausfordernd ins Gesicht.

„Und du? Hast nix besseres zum Tun, als dich mit denen da einzulassen. Keine Ehre im Leib. Schmeißt dich an sie ran. Für wos? Ein Paar Strümpfe? Als wenn‘s keine deutschen Männer gäb. I sag dir wast bist, a Schlampen bist.“ Er spuckte ihr ins Gesicht.

Wie von der Pike gestochen schnellte John in die Höhe. Er war um einiges größer als der andere, der seinen Kopf in den Nacken warf und ihm angeödet von unten herauf ins Gesicht sah.

Jetzt kam Bewegung in die Männer, die am Tresen standen. Die GIs wandten sich der Szene zu. Die beiden andern in ihren Fliegerjacken näherten sich ihrem Wortführer und bezogen hinter ihm Stellung.

„Das ist nicht gut“, sagte John zu dem, der gespuckt hatte, „gar nicht gut.“

Hämisches Grinsen.

Plötzlich ging alles sehr schnell. Die Bierflasche fiel zu Boden. Der Deutsche holte zu einem Schlag in Richtung

Johns Gesicht aus. Er hatte unbemerkt einen Schlagring übergezogen. Mauro sprang auf. John wehrte den Schlag zur Seite ab, so dass es Mauro am Kopf erwischte. John verpasste dem Spucker einen kräftigen Stoß gegen die Brust. Er taumelte rückwärts in die Arme seiner Kollegen. Einer von ihnen legte ihm blitzschnell ein Messer in die Hand. Mit dem Messer in der Hand ging er auf John los. Mauro packte sein Handgelenk, um den Hieb zu bremsen. John griff ihn am Arm und drehte die Hand mit dem Messer so um, dass der Angreifer in seiner schnellen Vorwärtsbewegung in sein eigenes Messer stürzte. Es traf ihn durch den halb geöffneten Reißverschluss seiner Jacke mitten in die Brust. Er war sofort tot.

Die Soldaten, die die ganze Zeit hinter den beiden andern gestanden hatten, griffen jetzt ein. Sie packten sie an den Armen und um den Hals, bis ihr Widerstand erlahmte, und stießen sie Richtung Ausgang. John und Mauro verharrten in vornübergebeugter Stellung. Es trat eine unheimliche Stille ein. Die Musik verstummte. Mauro sah mit weit aufgerissenen Augen zu John, der ihn fassungslos anstierte. Blut war an ihren Händen. Erst als die Mädchen an den Tischen gegenüber zu kreischen begannen und aus dem Lokal stürmten, regten sich die beiden.

„We must leave.“

Im Lokal herrschte ein heilloses Durcheinander. Die Leute waren aufgestanden, sie irrten umher oder verdrückten sich so schnell wie möglich. Die Musik begann wieder zu spielen. Als würde das helfen. Jemand hinter dem Tresen hatte die Polizei gerufen, die Sirenen waren in der Ferne bereits zu hören. John packte Mauro an der Schulter und schüttelte ihn.

„We must leave“, sagte er erneut zu ihm und stieß ihn

Richtung Ausgang. In diesem Augenblick betrat Silke das Lokal. Sie schaute zu Mauro, auf seine blutigen Hände. Sie verstand nicht, was vorging. John führte Mauro an ihr vorbei. Ihre Blicke trafen sich. Zum letzten Mal. Elvis' Stimme sang *,a fool such as I'*.

Das Martinshorn kam näher. John rannte zu seinem Jeep. Mauro folgte ihm. Blind. Sie sprangen auf, John startete den Motor und fuhr los.

„Wohin fahren wir?"

„There is only one chance to get out of this."

Mauro blickte fragend zu John, der wie ein Verrückter durch die nächtlichen Straßen von Nürnberg Richtung Autobahn raste.

„Straßburg."

„Straßburg?"

Der Tank reichte bis Schwäbisch Hall. Dort fuhr John von der Autobahn herunter und näherte sich den Dolan Barracks. Er setzte Mauro eine Mütze auf den Kopf und legte ihm einen Militärmantel um.

„Tu so, als wurdest du schlafen. Wenn wir zwei Mann unterwegs sind, niemand wird Verdacht haben. It looks like eine geheime Mission."

Mauro tat, wie ihm gesagt wurde und wickelte sich so in den Mantel, dass man nicht sehen konnte, dass er darunter Zivilkleidung trug. John fuhr den Jeep zur Tankstelle und ließ volltanken. Er unterschrieb den ihm vom Wachhabenden auf einem Klemmbrett hingestreckten Zettel, salutierte lässig und fuhr zurück zur Autobahn. Bei Baden Baden mussten sie ein weiteres Mal anhalten, um nachzutanken. John wollte nicht nochmal auf einer Militärbasis tanken, da er befürchtete, dass seine Flucht schon die Runde gemacht haben könnte. Er bediente sich aus dem Reservekanister.

Um drei Uhr morgens kamen sie in Kehl an. John durchbrach die Zollschranke und fuhr über die Rheinbrücke, die Deutschland mit Frankreich verband. Mauro schaute über die Schulter und konnte sehen, wie der diensthabende Zollbeamte zum Telefonhörer griff. In der Mitte der Brücke flatterte die Trikolore neben der deutschen Fahne. Sie waren drüben. Am französischen Zoll standen die Beamten schon bereit, um ihren Jeep zu stoppen. Nun ist alles zu Ende, dachte Mauro. Sie fuhren auf fünf bewaffnete Grenzwächter zu. John beugte sich aus dem Jeep und sagte zu dem Mann, der sich neben das Fahrzeug stellte: „Légion étrangère."

Sofort wurde ihnen die Straße freigegeben. John erwiderte den Salut der fünf Männer. Im Dunkel der Nacht fuhr der amerikanische Jeep in alliiertes Territorium.

Die Rekrutierungskaserne der Legion lag nahe der Grenze. Der Weg dahin war ausgeschildert. Von weitem konnte man das beleuchtete weiße Gebäude hinter einer mannshohen Mauer sehen.

Die Zollbeamten hatten mit der Kommandantur der Fremdenlegion telefoniert und die späten Ankömmlinge angekündigt. Als sie vor das Gebäude fuhren, öffnete sich wie von Geisterhand ein Tor, durch das der Jeep in einen Innenhof fuhr. John machte den Motor aus. Das Tor schloss sich lautlos hinter ihnen.

„Save."

ZWEITER TEIL

13.

Mauro saß in einem schwach beleuchteten Raum. Ein Holztisch, ein paar Stühle. An einer grün gestrichenen Wand hing eine Uhr. Darunter ein Schriftzug: Legio patria nostra. John war nicht mehr da. Er war sofort beim Betreten des Gebäudes in einen anderen Raum geführt worden.

Mauro sah ihn nie wieder.

Wo bin ich hier? Was ist geschehen? In seinem Kopf herrschte ein Durcheinander. Er konnte keinen klaren Gedanken fassen. Eine bleierne Müdigkeit überkam ihn. Der Kopf fiel auf die Arme, die verschränkt auf dem Tisch lagen. Der Tisch roch nach seinem Schulpult in Carignano. Er sank in die tiefe Dunkelheit eines traumlosen Schlafes.

Um sechs Uhr wurde die Tür geöffnet. Ein Uniformierter mit weißer Schirmmütze betrat den Raum. Er brachte einen Becher Kaffee, auf dem eine Scheibe dunkles Brot, ein Stück Camembert und eine Schachtel Zigaretten mit Streichhölzern lagen.

„Halten Sie sich in fünfzehn Minuten bereit", sagte der Uniformierte auf Französisch. Dann entfernte er sich wieder. Mauro verstand ungefähr, was gemeint sein könnte, und machte sich über sein Frühstück her. Der Kaffee schmeckte besser, als er aussah. Das Brot und den Käse verschlang er gierig. Die Zigaretten, eine gelbe Packung mit der Aufschrift *Cigarettes de troupe*, waren scheußlich.

Der Legionär kam wieder und forderte Mauro auf, ihm zu folgen. In langsamen Schritten ging er vor ihm her und führte ihn am Ende eines hohen Korridors in einen weiten Raum. Dort saß hinter einem langen Tisch ein weiterer Uniformierter mit weißer Mütze. Auf dem Tisch vor ihm befand sich ein flacher Holzkasten, daneben lagen verschieden große Leinensäcke mit Kleidung.

„Ziehen Sie sich aus und legen Sie den Inhalt der Hosentaschen in diesen Kasten", lautete das Kommando, das ihm der Sitzende in freundlichem Ton erteilte.

Mauro tat, wie geheißen. Das blaue Band von Aurelia, ein Taschentuch, sein Portemonnaie mit dem Personalausweis und dem goldenen Kreuz seiner Mutter, das er dort aufbewahrte, eine angefangene Packung Lucky Strike; seine wenigen Habseligkeiten landeten für jedermann sichtbar in dem hölzernen Kasten und wurden von dort von einem zweiten Uniformierten in einen grauen Umschlag befördert.

Dann begann Mauro, sich auszuziehen. Seinen weinroten Pullover, das weiße Hemd, an dem das Blut des Deutschen aus dem American Casino eingetrocknet war, seine feinen schwarzen Röhrenhosen, die spitzen schwarzen Ausgehschuhe; jedes seiner guten Stücke streifte er von sich ab und übergab es dem Uniformierten, der die Sachen in einen groben Leinensack stopfte.

„Nackt", forderte der Sitzende Mauro auf, als er sein Zögern bemerkte.

Der Stehende kramte aus einem Regal hinter ihm eine Unterhose, grobe Socken, unförmige, alte Uniformhosen, ein Unterhemd und eine abgetragene, schlecht sitzende Jacke hervor. Ein grünrotes Schiffchen, ein Gürtel und ein Paar Halbschuhe machten den Abschluss. Am Leinensack wurde ein Etikett mit einer Nummer angebracht. Es war dieselbe, die der sitzende Uniformierte zuvor auf den Umschlag geschrieben hatte: 370997.

„Engagé volontaire, matricule trente-sept zéro-neuf quatre-vingt-dix-sept, vorwärts.“

Der Legionär, der ihm den Kaffee gebracht hatte, führte Mauro in ein an den Umkleideraum angrenzendes Zimmer, in dem ein Unteroffizier mit weißem Kittel einem halbnackten Mann, der vor ihm stand, den Rücken abklopfte. Der Legionär machte Meldung und überreichte dem Arzt ein Klemmbrett mit den Angaben von trente-sept zéro-neuf quatre-vingt-dix-sept. Man hieß Mauro auf einer Holzbank an der Wand, auf der weitere Anwärter saßen, Platz zu nehmen. Als er aufgerufen wurde, hatte er sich wieder auszuziehen. Diesmal musste er aber nur den Oberkörper frei machen. Die sanitarische Untersuchung war oberflächlich: Lunge abhören, Mund auf, das Unterlid wurde heruntergezogen, mit einer Taschenlampe in die Augen geleuchtet, mit einem Reflexhammer gegen die Knie geschlagen; dann kam der Nächste dran.

Beim Verlassen des Sanitätsraums erhielt Mauro einen Zettel, auf dem seine Nummer stand. Weiter ging es zum Büro des Kommandanten. Vor dessen Tür hatte die Gruppe, der er seit der ärztlichen Untersuchung angehörte, zu warten. Diesmal stehend. Rauchen war gestattet. Jeder wurde einzeln hineingerufen und musste sich, wie die Heraustretenden berichteten, korrekt anmelden: engagé volontaire und seine persönliche Nummer. Die auf dem Zettel.

Mauro lehnte sich gegen die Mauer und besah sich die jungen Kerle, die mit ihm darauf warteten, hineingerufen zu werden. John war nicht unter ihnen. Was hat man mit ihm gemacht?, fragte er sich. War er verhaftet und den Amerikanern ausgeliefert worden? Mauro wusste nicht viel von der Fremdenlegion. Verschiedene Gerüchte waren im

Umlauf. Harter Drill, Kameradschaft, Abenteuer in fernen Ländern Afrikas. Aber auch Schutz vor Verfolgung. Das müsste der Grund sein, warum John diesen Weg gewählt hatte. Er wusste Bescheid oder hatte geahnt, was folgen würde, und hatte sich und ihn schützen wollen. Schützen vor ernsten Konsequenzen. Der Mann in Nürnberg hatte tot am Boden gelegen. Sein Blut klebte an ihren Händen. Sie hatten getötet. Niemand würde ihnen glauben, dass es aus Notwehr geschehen war. So versuchte Mauro, sich das Vorgehen von John zu erklären. Er hatte als sein Freund gehandelt.

Schweiß rann ihm über die Stirn, als ihm die Bilder der vergangenen Nacht wieder vor Augen traten. Er wollte nicht hier sein. Aber er sah keinen anderen Ausweg. Die jungen Männer neben ihm unterhielten sich in Sprachen, die er nicht verstand. Vielleicht Tschechisch oder Ungarisch? Er wusste es nicht. Einen Italiener gab es. Er stand etwas abseits und schimpfte über die Zigaretten.

Mauro ging auf ihn zu. Er stellte sich vor. Sie unterhielten sich darüber, woher sie kamen und was sie hierher führte. Mauro erzählte nicht alles. Der andere, Franco, wollte unbedingt nach Afrika, er wollte kämpfen, ein Held werden.

„Trente-sept zéro-neuf quatre-vingt-dix-sept!“

Mauro betrat den Raum, in den er gerufen wurde.

„Engagé volontaire, matricule trente-sept zéro-neuf quatre-vingt-dix-sept.“

Seine Anmeldung klappte ordentlich, so dass er sie nicht wie andere wiederholen musste. Er setzte sich auf den ihm zugewiesenen Stuhl vor dem Schreibtisch eines Offiziers, der eine schwarze Mütze trug. An seiner gut sitzenden Uniform waren alle möglichen Abzeichen, Kordeln und Orden befestigt. Er bot Mauro eine Zigarette an. Sie war von besserer Qualität als die, die er bekommen hatte.

„Name und Geburtsdatum“, forderte der Offizier knapp, aber freundlich. Er sprach Italienisch mit französischem Akzent.

„Garello, Mauro, zweiundzwanzigster August neunzehnhundertzweiundvierzig.“

„Sie sind noch nicht achtzehn. Erst in zwei Wochen.“

Mauro schwieg.

„Warum kommen Sie zu uns?“

Mauro wusste nicht, wie er auf diese Frage antworten sollte. „Ich habe … Ich will etwas leisten. Mich bewähren.“ Er ärgerte sich, dass ihm nichts Besseres einfiel als die Worte, die ihm sein Vater als Begründung dafür, dass er ihn weggeschickt hatte, mit auf den Weg gegeben hatte.

„Sie wissen, um was es hier geht?“

„Ich habe davon gehört.“

„Haben Sie etwas auf dem Gewissen?“

„Ich ...“

„Vorsicht, wenn Sie nicht die Wahrheit sagen, sind Sie draußen. Wir finden es heraus, glauben Sie mir.“

„Ich war in Schwierigkeiten.“

„Welcher Art?“

„Wir wurden angegriffen. Ich habe mich und meinen Freund verteidigt.“

„Das sagen Sie.“ Er lachte kurz. „Wenn es die Sache mit John Bowler ist, wissen wir Bescheid. Wissen Ihre Eltern, wo Sie sind?“

„Nein.“

„Wollen Sie, dass wir sie benachrichtigen?“

„Nein.“

„Sie werden sich für fünf Jahre verpflichten. Das ist eine lange Zeit.“

„Ich weiß", erwiderte Mauro, ohne sich darüber im Klaren zu sein, was es bedeutete.

„Sie sind also entschlossen, der Legion beizutreten?"

„Ja."

„Wo haben Sie zuletzt gewohnt?"

„Nürnberg, Kopernikusplatz fünf."

„Sie bekommen einen anderen Namen, wenn Sie wollen. Aber ich rate Ihnen dazu. Luca Negri?"

Mauro zuckte mit den Schultern.

„Ja oder nein?"

„Einverstanden."

„Sie bleiben hier in der Kaserne, bis Sie achtzehn sind. Danach kommen Sie nach Marseille, wo dann entschieden wird, ob wir Sie definitiv aufnehmen oder ob Sie wieder nach Hause fahren. Bis dahin können Sie sich auch noch überlegen, ob Sie bleiben wollen. Was auf Sie zukommen wird, wird hart werden. Sehr hart. Aber Sie werden sehen, es wird Ihnen guttun. Sie werden kämpfen müssen. Der schlimmste Feind sind Sie selbst. Gegen sich selbst werden Sie den härtesten Kampf ausfechten. Aber es wird sich lohnen. Sie werden hart wie Stahl. Ein Mann. Der neue Name schützt Sie. Luca Negri ist hier, Mauro Garello nicht. Sie verstehen? In den zwei Wochen machen Sie sich hier nützlich. Sprechen Sie Französisch?"

„Ein wenig."

„Sie werden Unterricht nehmen."

„Ja."

„Die richtige Antwort lautet: Entendu, mon lieutenant!"

„Entendu, mon lieutenant!"

„Unterschreiben. Hier."

Mauro blickte ihm ins Gesicht.

„Keine Angst, das ist noch nicht der Vertrag. Damit

erklären Sie sich einverstanden, als vorläufig Aufgenommener den Schutz der Légion étrangère in Anspruch zu nehmen.“

Der Offizier schob Mauro ein Blatt über den Tisch. Sein neuer Name, sein Geburtsdatum und seine Nummer standen darauf. Alles weitere verstand er nur ungefähr. Légion étrangère, accueil provisoire. Über allem prangte das Signet: eine explodierende Granate.

Mauro nahm den Stift und unterschrieb.

14.

Das Leben in der Kaserne von Straßburg war langweilig. Treppen reinigen. Küchendienst. Etwas Französischunterricht. Französisch zu lernen fiel ihm leichter als Deutsch. Viel freie Zeit, in der Mauro auf seiner Pritsche lag, sich mit sich und mit seinem Leben auseinandersetzte. Immer wieder stand er vor der Frage, was wäre, wenn er von hier wegginge? Noch hatte er die Möglichkeit dazu. Noch war er nicht vertraglich verpflichtet. Und wohin sollte er gehen? Zurück nach Nürnberg zu Virginia und Paolo. Wie würden sie ihn aufnehmen? Sicher waren sie enttäuscht von ihm. Paolo, der so freundlich zu ihm gewesen war, der ihn vor den andern immer wieder in Schutz genommen hatte, er würde es ihn spüren lassen und ihm das anfängliche Vertrauen, das er ihm wie ein Vorschuss entgegengebracht hatte, entziehen. Stefania, die Schwierige, Virginia, die Quasseltante. Auf die konnte er gut verzichten. Und Silke? Gabriella? Silke war nett. Aber das Bild von Aurelia konnte sie nicht löschen. Silke war bequem. Nach ihrem Erlebnis an der Pegnitz hatten sie sich ein paar Mal gesehen. Sie verweigerte sich ihm nie. Seit ihrem ersten Mal war für sie klar, dass sie ein Paar waren. Und es war alles so praktisch mit ihr. Sie war es, die immer die Kondome dabei hatte. Die körperliche Liebe war für sie so selbstverständlich wie Fahrrad fahren oder Kartoffeln pellen. Sie schenkte sich ihm auf eine geheimnislose Art. Im Gegensatz zu Aurelia, die sich zierte, die ihm rätselhafte Botschaften sandte, in denen nein gleichzeitig ja hätte heißen können, war Silke eine, die ihm fortlaufend zu bedeuten schien: Ich bin da, nimm, bediene dich. Und Gabriella? Was wäre mit ihr, wenn er zurückkehren würde? Sie würde ihm im Stillen Vorwürfe machen. Der Blick aus ihren schwarzen Augen würde sich auf seiner Haut einbrennen und ihn der Frage ausliefern: Wie habe ich das verdient, dass du mich fallen lässt, als wäre ich eine Aussätzige? Dankbarkeit, Mauro, wenigstens ein wenig Dankbarkeit wäre einer liebesbereiten Frau gegenüber angebracht, die dich in ihrem Herzen wohnen lässt, auch wenn sie nicht zu dir passt und das auch weiß.

Abscheu überkam ihn erneut bei dem Gedanken, dass er mit einer Frau, die im Alter seiner Mutter war, geschlafen hatte. Er würde ihr auf Dauer nicht ausweichen können. Sie wäre da, in Nürnberg, in dieser Stadt, in dieser Familie, mit der sie befreundet war. Ob Virginia schon erfahren hatte, was sich zwischen ihnen zugetragen hatte? Es graute ihm, wenn er daran dachte, dass er sich bei einer Rückkehr dieser Peinlichkeit würde aussetzen müssen.

Was blieb denn sonst? Von hier verschwinden? Wohin? Zurück nach Italien ohne Geld? Sich irgendwo Arbeit suchen als Handlanger oder als Matrose auf einem Frachter? Sein Leben war im Arsch. Er war an einem Mord beteiligt gewesen. Deutsche Behörden, Polizei, Gericht, Gefängnis, alles in einem fremden Land, dessen Sprache er nur halbwegs verstand. Noch schlimmer wäre, wenn man ihn nach Carignano zurückschicken würde. Zu seinem Vater? Zu seiner kranken Mutter, die er erst recht ins Unglück stürzen, deren Tod er vielleicht beschleunigen würde? Er konnte nicht zurück, auf keinen Fall. Niemand durfte wissen, wo er war. Die hier würden ihm helfen, abzutauchen, um dann nach fünf Jahren wieder aufzutauchen, neu anzufangen, die losen Enden später wieder aufzugreifen. Er wollte sich unter keinen Umständen dem Schicksal, das ihn in diese missliche Lage gebracht hatte, kampflos ergeben. Da war er wieder, dieser innere Trotz, der ihn seit jeher begleitete. Diese Armee, von der er nicht viel wusste, würde aus ihm einen Kämpfer machen. Wollte er das? Kämpfen? Siegen? Siegen war verlockend. Aber siegen gegen wen? Er sah keinen Feind vor sich. Jedenfalls keinen konkreten Feind. Höchstens einen abstrakten. Das Leben, sein Leben war ihm zum Feind geworden. Also hatte er recht, der Leutnant, wenn er sagte, dass der größte Feind er selbst sei. Woher wusste er, was für ein Kampf in ihm tobte? Er hatte ihn durchschaut. Aber hier oder in der Wüste sollte er gegen sich selbst kämpfen? Wie denn? Indem er lernte, andere zu töten? War das nicht absurd? Und wenn er dabei draufging? Dann war es die Mühe nicht wert gewesen. Dann wäre es umso besser, verschwunden gewesen zu sein.

Sich bewähren. Ja, ausgerechnet diese verhassten Worte, die sein Vater ihm mit auf den Weg geben hatte, die ihm als einziger plausibler Grund, der Fremdenlegion beizutreten, in den Sinn gekommen waren, waren vielleicht der Schlüssel raus aus dieser fatalen Geschichte. Endlich einer sein, der etwas richtig macht.

Die Legion legte großen Wert auf Ordnung und Reinlichkeit. Die Schlafsäle, die Waschbecken, Duschen und

Toiletten mussten täglich gereinigt werden. Es wurde streng darauf geachtet, dass die Pritschen exakt ausgerichtet waren, dass die Betttücher und Decken in vorgeschriebener Faltenlosigkeit strammgezogen wurden, dass die Kleidung, trotz ihrer minderen Qualität, ordentlich gehalten wurde. Die eine Seife, die man ihm am Anfang ausgehändigt hatte, diente zu allem: zur Körperpflege, zum Zähneputzen, zum Kleiderwaschen. Gruß, Meldung und Befehlsempfang hatten in festgelegter Form zu erfolgen. All dies lehnte Mauro ab, aber er knüppelte den inneren Widerstand nieder. Denn dieser aufbegehrende Mauro war es doch gewesen, der ihn in diese Situation gebracht hatte. Und dieser Mauro musste weg, musste einem neuen Mauro Platz machen, einem, der gehorchte.

Am zweiundzwanzigsten August, um sechs Uhr morgens, brüllte der Zimmerwart sein übliches „Debout" in den Schlafsaal. Während die andern neunundzwanzig Mann, die mit ihm im selben Saal die Nacht auf ihren Kojen verbracht hatten, schlaftrunken zu den Waschräumen torkelten, wurde Mauro mitgeteilt, dass er sich nach dem Frühstück für die Abreise nach Marseille bereitzumachen habe.

In der Messe erwartete ihn an seinem Platz neben der gewohnten Tasse Kaffee, auf der eine Scheibe Brot und ein Stück Käse lagen, ein Teller mit einem Croissant und eine Schachtel Zigaretten der besseren Qualität. Das war die spröde Art, mit der die Legion einem Anwärter zum Geburtstag gratulierte.

Um sieben Uhr hieß es „Aufsitzen!". Der Camion fuhr mit geschlossenem Verdeck zum Bahnhof von Straßburg, wo auf einem Gleis abseits der anderen ein Zug mit fünf Waggons, deren Fenster abgedunkelt waren, bereitstand. Die Camions kamen vor dem Zug abrupt zum Stehen.

Die Verdecke wurden zurückgeschlagen.

„Absitzen. Schnell."

Die jungen Männer krochen aus den Lastwagen und reihten sich vor den Waggons auf. Nach dem Appell, bei dem jeder seine Nummer und ein anschließendes „Présent!" zu rufen hatte, wurden die zukünftigen Legionäre mit einem Proviantpaket versorgt und in den Zug gescheucht. Jeder fand irgendwo einen Platz auf den unbequemen Bänken. Ein Pfiff ertönte, der Zug fuhr los.

Die Fahrt in den Süden dauerte endlos lange. Ein babylonisches Sprachgewirr erfüllte den Waggon, in dem Mauro saß. Die Deutschen waren unter sich und redeten so laut, dass er einzelne Worte und Sätze verstand. Es wurde geraucht und gesungen. Man fuhr einer gemeinsamen Zukunft entgegen, einem Abenteuer, auf das sich jeder zu freuen schien, als wäre man auf Klassenfahrt. Im selben Abteil wie Mauro saßen Franco und noch einer aus Italien, ein Federico, ein kleiner, drahtiger Kerl aus Sizilien, der noch fast wie ein Kind aussah. Beide unterhielten sich angeregt über die bevorstehende Ausbildung, das harte Training und die Einsatzgebiete, in denen die Legion, als Vorhut der regulären französischen Armee, operierte. Mauro hörte zum ersten Mal, was da unten vorging. Er hörte das Wort Ereignisse, mit dem die Franzosen den Krieg auf ihren Territoires du Sud umschrieben. „Dort soll es böse Terroristen geben, die das Leben der Bevölkerung gefährden und die es zu bekämpfen, deren Nester es auszuheben und deren Aktivitäten es zu unterbinden gilt. Es ist die Hauptaufgabe der Legion, die feigen Anschläge zu verhindern, die diese ‚fellaghas' aus dem Hinterhalt auf militärische und zivile Einrichtungen, auf Warendepots und Kraftstofflager verüben." Es war Federico, der sich in Rage redete. Seine Augen glänzten vor Begeisterung und Kampfeslust, die man diesem mickrigen Jungen gar nicht zugetraut hätte.

„Denen werden wir gehörig Feuer unter dem Arsch machen. Die werden uns kennenlernen.“

Dann wurde von einem General Massu berichtet, der in der Schlacht um Algier tapfer gekämpft, die Terroristennester ausgehoben und die Stadt zurückerobert habe.

„Leute wie er haben die Freiheit verteidigt. Seinem Beispiel werden wir folgen.“

„Großes steht uns bevor“, meldete sich Franco zu Wort, „und wir werden unserer Truppe Ehre machen.“

„Für welches Regiment willst du dich bewerben?“, fragte Federico.

„Für das REP.“

„Was ist das?“, fragte Mauro.

„Was? Das weißt du nicht? Das sind die Fallschirmjäger. Régiment étranger de parachutistes. Das sind die Helden. Die kommen in der Dunkelheit und werden über feindlichem Territorium abgeworfen, dann durchkämmen sie das Gebiet und säubern es.“

„Oder sie werden noch im Flug abgeknallt.“

„Mauro, nicht so pessimistisch! Wir werden kämpfen. Wir werden siegen und mit Orden an der Brust nach Hause gehen. Coraggio.“

Mauro streckte sich quer auf der unbequemen Bank aus und hing seinen Gedanken nach, während die andern weiterhin von ihren zukünftigen Heldentaten träumten.

Im Abteil gegenüber saß ein junger Kerl, der sich während der ganzen Fahrt über mit niemandem unterhielt. Er hatte seinen Kopf in die Hand gestützt und starrte vor sich hin. Von Zeit zu Zeit nahm er ein Heft zur Hand und machte sich Notizen. Mauro schaute interessiert zu ihm hinüber.

Da man durch die abgedunkelten Fensterscheiben wenig von der vorbeifliegenden Landschaft mitbekam, ebbten die Gespräche allmählich ab, bis man nur noch das Schnarchen der Erschöpften und das Rattern der Eisenbahnräder vernahm, die im stets gleichen Rhythmus über die Schienen holperten.

In Lyon hielt der Zug für eine halbe Stunde an. Einige nutzten die Gelegenheit, sich auf dem Bahnsteig die Beine zu vertreten und frische Luft zu schnappen. Andere plünderten ihre Pakete. Der Inhalt bestand aus Käse, Brot und einer Wurst; einer ganz speziellen Wurst, der berühmten Blutwurst nämlich: *,le boudin'*. Sie hatte für die Legion eine so wichtige Bedeutung, dass ihr sogar ein Lied gewidmet worden war. Auch einen halben Liter Rotwein gab es und dazu eine Packung Zigaretten und einen Riegel Schokolade.

Nach weiteren endlosen Stunden fuhr der Zug endlich in Marseille ein. Es war dunkle Nacht, als der Befehl kam, sich auf dem schlecht beleuchteten Bahnsteig zum Appell aufzureihen. Nachdem die Truppe vollständig angetreten war, mussten die jungen Männer im Laufschritt zu den bereitstehenden Camions eilen, wo sie von Legionären mit weißen Schirmmützen in Empfang genommen und auf die Fahrzeuge verteilt wurden. Wieder schlug man die Verdecke herunter, so dass man von der Stadt nichts außer den holprigen Straßen und den Kurven mitbekam. Die Hintern wurden auf den schmalen Holzbänken endgültig weichgeklopft und es war nicht zu vermeiden, dass der eine oder andere während der rasenden Fahrt über seinen Nachbarn purzelte. Endlich war das Fort

Saint-Jean am alten Hafen von Marseille erreicht. Die Camions bremsten abrupt.

„Absitzen!"

15.

Das Fort Saint-Jean gehört zusammen mit dem gegenüberliegenden Fort Saint-Nicolas zu einer ausgedehnten Befestigungsanlage, die unter König Louis XIV. um den alten Marseiller Hafen herum gegen Angreifer vom Meer her, vor allem aber gegen Aufständische in den eigenen Reihen im Jahr 1660 errichtet wurde. Sein Name geht auf den Johanniterorden zurück, der zuvor an dieser Stelle ein klösterliches Hospiz unterhalten hatte, von wo aus im zwölften Jahrhundert Kreuzritter in Richtung Jerusalem aufgebrochen waren. Später ging es dann in den Besitz der französischen Armee über und diente vor allem dazu, Söldnertruppen für Nordafrika zu rekrutieren. Für die Fremdenlegion war es die letzte Filterstation im Mutterland, mit dem Ziel, die Brauchbaren von den Unbrauchbaren zu trennen, bevor es dann über das Mittelmeer in die Kolonien oder nach Algerien ging. Algerien war im Vergleich zu Marokko oder Tunesien keine Kolonie, sondern integraler Bestandteil des französischen Staates. Es lebten dort bis zu neunhunderttausend Franzosen, die das Land als ihre Heimat und Paris als ihre Hauptstadt betrachteten.

Mit Beginn der französischen Inbesitznahme dieses schier endlosen Territoriums anfangs des neunzehnten Jahrhunderts begann auch das teils blutige, teils friedliche Streben nach Unabhängigkeit. Die von der arabischen Bevölkerung als Unterdrückung empfundene Übermacht der Franzosen blieb über hundertdreißig Jahren bestehen. Erst im Jahre 1954 brach unter der neu entstandenen algerischen Befreiungsbewegung FLN ein Krieg um die Unabhängigkeit aus, der die französische Armee dazu nötigte, ihr Truppenkontingent fortlaufend zu erhöhen. Die zahlen- und materialmäßig klar unterlegenen Aufständischen, die „fellaghas‘, wie die Widerstandskämpfer von den Franzosen verächtlich genannt wurden und was so viel wie Bauernlümmel heißt, vermieden jeden direkten Feindkontakt und operierten aus dem Hinterhalt. Sie tauchten unter in den Reihen der arabischen Bevölkerung oder zogen sich ins Ödland des nördlichen Sahara-Randes zurück. Von dort aus verübten sie gezielte und zermürbende Nadelstiche gegen die Besatzungsarmee, der es mit ihrem schwerfälligen Gerät nicht gelang, dieser Angriffe Herr zu werden. Die Rebellen verübten eine Reihe von Terrorakten gegen die französische Bevölkerung, die vor allem in den großen Städten der Küstenregion und dem dahinter liegenden fruchtbaren Land ansässig waren. In Algier gingen Sprengsätze in beliebten, vorwiegend von Franzosen besuchten Cafés hoch und versetzten die Menschen in Angst und Schrecken. Um der Guerillataktik des Feindes zu begegnen, setzte die französische Armee vermehrt die Fremdenlegion ein. Sie durchkämmte als „réserve générale‘ mit ihren beweglichen Fallschirmregimentern ganze Landstriche und nahm den Häuserkampf auf, wodurch den Rebellen große Verluste beigebracht werden konnten. General Massu gewann 1958 die Schlacht um Algier auch deshalb, weil die Nester der Aufständischen mit Unterstützung der Fremdenlegion ausgehoben werden konnten. Diese bediente sich, um an die nötigen Informationen zu kommen, mehr und mehr des Mittels der Folter, was dazu führte, dass seitens der Intellektuellen der Metropole heftige Proteste entflammten und Frankreich Gefahr lief, international für die Vorgehensweise geächtet zu werden.

Die Anschläge gingen zwar zurück, den moralischen Sieg jedoch trugen die Aufständischen davon. Sie nötigten de Gaulle dazu, einzulenken und über eine teilweise Unabhängigkeit Algeriens zu verhandeln. Sein berühmt gewordener, vom Balkon des Regierungssitzes in Algier einer versammelten Menge *‚pieds noirs‘*, wie die Algerienfranzosen auch genannt wurden, zugerufener Satz „Je vous ai compris“, drückte die prekäre Lage, in der sich Frankreich zu diesem Zeitpunkt des Kampfes gegen die algerische Unabhängigkeit befand, aus. Nichts hatte er verstanden außer der Tatsache, dass es keine für alle Seiten tragbare Lösung gab. Durch das überstürzt anberaumte Volksreferendum, in dem die algerische Gesamtbevölkerung entscheiden sollte, ob sie bei Frankreich bleiben oder zukünftig in einem unabhängigen Staat leben wollte, fühlten sich die *‚pieds noirs‘* verraten, denn sie fürchteten um ihren Besitz und ihre Existenz. Das führte dazu, dass vier französische Generäle gegen die eigene Armee putschten und eine geheime, bewaffnete Organisation gründeten, die nun ihrerseits Terroranschläge auch auf die Franzosen auszuüben begannen, die zu Verhandlungen und vor allem für Frieden und zu Kompromissen mit einer zukünftigen algerischen Regierung bereit gewesen wären.

In dieser verworrenen Situation befand sich das Land, als Mauro, der von diesen Umständen nichts wusste, an einem sonnigen Morgen anfangs September 1960 zusammen mit etwa hundert anderen *‚engagés volontaires‘*

unter dem gebrüllten Befehl eines Caporal-chefs auf dem Appellplatz der Kaserne Saint-Jean antrat. Der Ton wurde rauer. Die Männer sollten auf den bevorstehenden Drill vorbereitet werden. Man sparte nicht an Herabwürdigung, an Beleidigungen und Quälereien. Die Betten eines ganzen Schlafsaals wurden auseinandergerissen, der Inhalt aller Spinde rücksichtslos auf den Fußboden geworfen, wenn auch nur ein einziger die Ordnungsvorschriften nicht beachtete und seine Bettdecke nicht in exakter Linie ausgerichtet war, oder wenn die Wäschestücke nicht überlappungsfrei im Schrank eingeordnet waren. Wer nicht vorschriftsmäßig rasiert antrat, wer ein Haar im Waschbecken zurückließ, war das schwarze Schaf, für das die gesamte Abteilung bestraft wurde. Wenn zwei sich stritten und gegeneinander handgreiflich wurden, band man die Kontrahenten mit einem Seil aneinander, so nahe, dass sie keinen Schritt ohne den andern machen konnten. Dann mussten sie mit einem Handbesen den Hof fegen oder gemeinsam die Toiletten reinigen. Eine Verfehlung wurde akzeptiert. Bei einer weiteren musste der Kandidat die Heimreise antreten. Man war bemüht, den Anwärtern jegliche Form von Persönlichkeit auszutreiben und durch das Gefühl zu ersetzen, eine Einheit, ein einziger zusammengeschweißter Körper zu sein. Es wurde marschiert. Atmung, Herzschlag, Schritt – alles im gleichen Takt. Nicht hundert marschierten. Ein einziger, bestehend aus hundert zusammenhängenden Gliedern. Es wurden Lieder gesungen, die den heroischen Kampf der Legion in allen ihren Kriegseinsätzen glorifizierten. Es gab nicht nur einen einzigen Körper, es gab auch nur noch eine einzige Stimme. Das war die Botschaft. Wer das nicht begreifen wollte, hatte hier nichts mehr verloren. Was hier in Marseille vor sich ging, war nur ein kleiner Vorgeschmack auf das, was dem engagé volontaire auf seinem steinigen Weg zum Képi blanc, der berüchtigten weißen Schirmmütze der Legionäre, und zur prise des armes – als Abschluss der dreimonatigen Umerziehung – noch bevorstand. Und Mauro, der zaudernde Junge aus Norditalien, von Frauen seiner Zartheit wegen geliebt, vom Vater genau deswegen verachtet, wie nahm er den Drill auf, der jeden Tag um eine kleine Schraubendrehung angezogen wurde? Der ihm täglich klarmachte, dass er selbst nichts, die Gruppe, die Einheit, die Legion aber alles war?

Er brach nicht ein, er lief nicht nach Hause. Sein Wandel, der sich bereits in Straßburg angedeutet hatte, setzte sich in Marseille fort. Die Schläge, die auf das aufbegehrende Bewusstsein seiner eigenen Person niedergingen, öffneten ihm in wundersamerweise ein Tor in eine andere, nie gehabte Welt: Er durfte Teil einer Familie werden, Teil einer starken und verpflichtenden Gemeinschaft, in der er nicht nur ein Anhängsel, sondern ein Glied, ein wichtiger Bestandteil war, und in der er sich von seinen Selbstzweifeln und seinem trotzigen Aufbegehren erlöst als Person wiederfinden konnte. Diesen paradoxen Vorgang durchschritt er leichten Gemüts. Es entstand ein neuer Mauro. Er wurde zum einen Bein des Tausendfüßlers. Widerstandslos stellte er sich dem langen Verhör des Deuxième Bureau, des Armeegeheimdienstes, in dem das bisherige Leben der Anwärter bis ins kleinste und intimste Detail durchleuchtet wurde und das für einige die Endstation auf dem Weg zum erträumten ruhmreichen Legionärsleben bedeutete.

Der Offizier, der hinter seinem Schreibtisch saß, hatte ein Dossier vor sich, auf dem die Nummer stand, die

Mauro schon beim ersten Einkleiden in Straßburg gegeben
worden war. Seine Mütze mit schwarzem Rand und rotem
Deckel hatte er abgesetzt. Die grauen Haare waren zu einem Scheitel gezogen. Er schaute freundlich, beinahe gütig
über den Rand seiner Brille hinweg in Mauros Gesicht.

„Was willst du bei uns?“, fragte er ihn auf Französisch.

„Ich will dabei sein, mon commandant“, antwortete
Mauro.

„Bei was dabei sein?“

„Beim Kampf um Freiheit“, entgegnete Mauro leicht
verunsichert.

„Welche Freiheit?“

„Ich will, dass das Land frei von Terror wird.“

„Liebst du Frankreich?“

Mauro zögerte.

„Liebst du Frankreich?“ Der Ton wurde rauer.

„Oui, mon commandant. Ich liebe alle Länder, die nach
Freiheit und Demokratie streben.“

„Aber die Leute da unten, die kämpfen auch um ihre
Freiheit, wie sie sagen.“

„Sie töten unschuldige Menschen, mon commandant.“

„Das ist Blödsinn. Es geht nicht um Frankreich. Die
Antwort lautet: Ich liebe die Legion.“

„Oui, mon commandant.“

„Bist du bereit zu sterben?“

„Oui, mon commandant.“ Mauro war erstaunt, wie einfach ihm diese Antwort über die Lippen kam.

Der Kommandant schlug das Dossier auf und blätterte
darin herum. Auf dem Fragebogen, der auf der Innen-
seite festgeklammert war, machte er Notizen.

„Was hast du auf dem Gewissen?“

„Ich habe getötet, mon commandant.“

„Du meinst diese Geschichte in Nürnberg? Das war eher ein Unfall. Du hast nur den Arm festgehalten, um deinen Freund zu schützen. Die Hand umgedreht hat er. Und der andere ist unglücklicherweise hineingefallen. Weiter?“

„Ich habe das Gymnasium besucht. Kurz vor dem Abschluss hat mich mein Vater weggejagt.“

„Ach ja“, sagte der Kommandant und blätterte im Dossier. „Der rote Wagen des Geistlichen.“ Ein Schmunzeln huschte über sein Gesicht. „Dein Vater ist Chef der Polizei?“

„Carabinieri, mon commandant“.

„Das konnte nicht gut ausgehen. Ich hätte dich auch zum Teufel gejagt, mein Kleiner.“

„Ja, mon commandant.“

„Und weiter? Was noch?“

„Das ist alles, mon commandant.“

„Hast du diese ...“ Er blätterte wieder in den Unterlagen. „Silke, hast du sie geschwängert?“

Mauro lief rot an. Sie scheinen alles über mich zu wissen, dachte er.

„Ja oder nein?“

„Nein, mon commandant.“

„Woher weißt du das? Du bist einfach abgehauen.“

„Ich weiß es nicht, mon commandant.“

„Sie war im Krankenhaus. Nun ja, vielleicht wirst du Vater.“

Das brachte Mauro völlig aus dem Konzept. Er starrte den vor ihm sitzenden Offizier, der sich ironisch lächelnd in seinem Stuhl zurücklehnte, entgeistert an.

„Nun, bisher sind keine Forderungen von ihr bekannt. Du behältst deinen neuen Namen, Luca Negri, geboren am zweiten Februar 1941. Wir machen dich etwas älter.“

Er reichte ihm ein Formular, auf dem der neue Name und das geänderte Geburtsdatum standen. „Unterschreib hier. Du bist noch keiner von uns. Dennoch gibt es für dich ab jetzt kein Zurück mehr. Wir bestimmen, ob du dein Képi blanc verdienst oder nicht. Verstanden?"

„Verstanden, mon commandant."

„Morgen noch zum Arzt und die Spritze, dann in drei Tagen auf das Schiff. Fragen?"

„Ja, mon commandant."

„Bitte."

„Was ist mit John geschehen?"

„Das hat dich nicht zu interessieren. Aber eines sage ich dir. Deserteure können wir hier nicht gebrauchen. Wegtreten." Er klappte das Dossier zu und würdigte Mauro keines Blickes mehr, während dieser aufstand und, wie man es ihm beigebracht hatte, vorschriftsgemäß salutierte.

16.

Die zweite ärztliche Untersuchung war gründlicher als die erste. Mauro musste sich nackt bis auf die Unterhose auf eine Liege legen. Der Arzt, ein kleiner Blonder mit zusammengekniffenen Augen und spöttischem Lächeln, erinnerte ihn an seinen Vater. Alles, was der Arzt tat, war ihm unangenehm, das Abhören des Herzens und der Lungen, die Prüfung der Gelenke, das Leuchten in die Augen mit der Taschenlampe. Als er ihm die Unterhose herunterzog und ihm mit nackten Händen zwischen die Beine fasste, um an seinen Hoden herumzutasten, zuckte Mauro zusammen und er musste sich beherrschen, ihm keine runterzuhauen. Am Ende der Untersuchung hatte sich Mauro aufrecht hinzusetzen. Der Arzt trat von hinten an ihn heran. Er nahm die Spritze vom Beistelltisch, die er zuvor vor seinen Augen sorgsam vorbereitet hatte, und setzte sie ihm in der Gegend des linken Schulterblattes. Die Nadel stach tief in seine Muskulatur, als würde ihm jemand ein Messer in den Rücken bohren.

„Das war's auch schon. Nichts essen in den nächsten zwei Tagen. Sonst gehst du durch die Hölle."

Von den zwölf Mann, die mit ihm den Schlafsaal teilten, wurden zwei für untauglich befunden und nach Hause geschickt. Die Verbliebenen erhielten wie Mauro die Spritze und lagen während zwei Tagen auf ihren Pritschen im Fieber. Nahrungsaufnahme war strikt verboten, weil die Nebenwirkungen dann viel heftiger ausfallen würden, wie man ihnen erklärte. So aber tat ihnen nur die Einstichstelle weh. Es waren heftige Schmerzen, die ihnen das Liegen in jedweder Position beinahe unmöglich machten.

Einige von ihnen verfielen in einen deliranten Zustand. Sie schrien im Schlaf oder schlugen wild um sich. Auch Mauro plagten wilde Träume. Er sah sich im Café von Virginia und Paolo inmitten fremder Menschen, die schwarze Hemden trugen. Er hörte, wie gesungen wurde: „Giovinezza, giovinezza, primavera di bellezza …" Die Fremden kamen auf ihn zu, umringten ihn und schüttelten ihm die Hände. Man ließ ihn hochleben, ohne dass er wusste, warum. Eine Frau mit einem Sektglas stand neben ihm. Sie sah aus wie Gabriella. Sie sagte, dass sie sich freue, dass er Vater geworden sei und nun zu ihnen gehöre. Dann war er im Krankenhaus, das eher einem Bunker glich. Es war Krieg. Man hörte draußen Schüsse von Maschinengewehren. Im Zimmer lag Silke auf einem Feldbett in den Wehen. Ärzte in langen weißen Mänteln und Krankenschwestern mit

114

wallenden Hauben standen um das Bett herum. Als er zum Bett kam, traten sie zur Seite und machten ihm Platz. Die Frau auf dem Bett hatte das Gesicht seiner Mutter. Sie schrie vor Schmerzen und streckte die Arme nach ihm aus. Es war die Stimme von Gabriella. Ihre angewinkelten Beine waren mit einem schwarzen Tuch bedeckt. Die Ärzte riefen „Hurra!", als die Schwester das Tuch wegzog. Zwischen den Beinen lag ein Neugeborenes. Es war kein normales Baby. Es sah aus wie ein erwachsener Mensch, ein winzig kleiner erwachsener Mensch, wie Jesus auf den Marienbildern. Die Schwester nahm das Kind und gab es Mauro. Als er zu ihm hinunterblickte, sah er, dass er es selbst war, den er im Arm hielt.

Nach zwei Tagen mit Fieber und Schmerzen besserte sich die Lage. Der Hunger kam zurück. Die zehn Anwärter durften von ihren Pritschen aufstehen und hatten sich, geduscht und ordentlich rasiert, in der Messe zu präsentieren, wo ihnen ein ausgezeichnetes Mal serviert wurde. Den Rest des Tages durften sie machen, was sie wollten. Einzige Einschränkung: Sie musste sich innerhalb der Kaserne aufhalten. Er konnte genutzt werden, um die persönlichen Sachen zu packen, die Hemden und Hosen nach Vorschrift zu bügeln und um den Sold abzuholen. Beim Abendappell wurde mitgeteilt, dass die Reveille am nächsten Morgen um fünf Uhr sein werde und sich die Abteilung auf dem Kasernenhof mit Sack und Pack einzufinden habe, da es im Anschluss zum Hafen gehe.

Die Ausrüstung der *engagés volontaires* war inzwischen angewachsen. Jedem von ihnen war ein Rucksack ausgehändigt worden, in dem Platz war für drei Paar Wollsocken, drei Paar Unterhosen, drei olivgrüne Unterhemden, zwei lange Hosen und zwei Oberhemden, eines kurz- das andere langärmlig. Dazu eine grüne Krawatte, ein graues Frottiertuch, Rasierzeug und das bekannte Stück Allzweckseife. Zusätzlich hatten sie eine Gamelle und einen Brotbeutel, den sie ‚*musette*' nannten, erhalten.

Als am nächsten Tag der Trompeter zum Morgenappell blies, sprangen die zehn Anwärter, unter denen sich Mauro befand, aus ihrem Nachtlager, zogen sich in Windeseile ihre Uniformen an, setzten ihre Schiffchenmützen auf und eilten voller Erwartung in den Kasernenhof zu den anderen vorläufig Auserwählten, denen die abenteuerliche Schiffsreise nach Afrika bevorstand. Die Matrikelnummern wurden aufgerufen und mit „Présent!" quittiert. Danach nahmen sie ihr Gepäck auf und marschierten, wie man es ihnen in den zwei Wochen hier in Marseille beigebracht hatte, in dem für die Legion typischen, langsamen Tempo unter Führung eines Caporal-chefs zum Tor hinaus. Das Blutwurstlied wurde angestimmt. Nebst dem Französischunterricht, der hier fortgesetzt worden war und der in Algerien weitergehen würde, hatte es auch Gesangsunterricht gegeben. Die Lieder, die zur Legion gehörten, waren nicht nur eingeübt, sondern auch auf dem Kasernenhof immer wieder über Lautsprecher abgespielt worden. „*Volià du boudin, voilà du boudin …*", tönte es noch wenig einstimmig, aber bemüht über das Hafengelände, und wären nicht die Frankophonen unter den Anwärtern gewesen, denen der Text keine Mühe bereitete, hätte die Vorstellung ein noch kläglicheres Bild abgegeben.

Die ‚*Ville d'Oran*', ein stattliches Schiff, das für militärischen Personentransport eingesetzt wurde, lag an einem vom übrigen Hafen durch einen bewachten Zaun abgegrenzten Quai bereit. Die Gangway hing vom Mitteldeck herunter. Erneuter Appell und die Aufforderung an die einzeln Aufgerufenen, die Treppe hochzusteigen und sich in das Schiff zu begeben. „Beeilung!"

Versammlung auf dem Mitteldeck und Zuweisung der Schlafplätze. Für die *engagés volontaires'* war das geschlossene Unterdeck vorgesehen. Es war stickig hier unten. Die Bullaugen ließen sich nicht öffnen. Die einzige Luftzufuhr kam von dem darüber liegenden Deck. Auf den ganzen Raum verteilt waren Hängematten angebracht. Mauro suchte sich eine aus, die in der Nähe eines Bullauges hing und so den Blick nach draußen ermöglichte. Die Hängematte neben ihm nahm sich der stille Junge, der im Zug seine Notizen gemacht und mit niemandem gesprochen hatte. Die beiden Italiener, auch sie hatten die Auslese überstanden, hörte man weiter hinten laut und fröhlich lachen und plaudern.

Nachdem das Einsteigen beendet war, konnte Mauro beobachten, wie die schweren Taue gelöst wurden. Das leichte Zittern des Stahls, das von der im tiefen Rumpf stampfenden Maschine herrührte, nahm zu, als sich das Schiff vom Festland löste und sich auf die Öffnung in der Hafenmauer und auf das offene Meer zubewegte.

„Dass die uns hier unten einschließen", sagte Mauro zu seinem Nachbarn, dem stillen Jungen.

„Wie ich hörte, habe es welche gegeben, die im letzten Moment noch über Bord gesprungen und ans Festland geschwommen seien", antwortete ihm der stille Junge in reinstem Italienisch.

„Ah! Du sprichst Italienisch? Woher kommst du?"

„Cadenazzo."

„Wo liegt das?"

„Tessin."

„Ein Schweizer also."

„Ein Tessiner. Aus cazzo Cadenazzo.“

„Wieso hast du dich beworben?“

„Lange Geschichte. Sie hat mich betrogen. Mit meinem besten Freund. Wie sie so sind, die Weiber. Ich wollte mich ersäufen. Im See. Aber dann habe ich es mir anders überlegt. Und bin hier gelandet. Aber vielleicht ist das dasselbe.“

„Wie was?“

„Sich ersäufen. Wir werden sehen. Auch egal.“

Mauro wandte sich ab und blickte durch das Bullauge zur Linie am Horizont, wo sich Himmel und Meer berührten.

„Und du?“, fragte ihn der Tessiner.

„Ach, auch eine lange Geschichte. Ich habe mitgeholfen, einen zu töten. Es war ein Kampf. Wir haben uns verteidigt und der Idiot ist in sein eigenes Messer gefallen. Aber angefangen hat es damit, dass ich zusammen mit meinem Freund ein Auto geknackt habe. Dummerweise war es der Wagen des Generalvikars von Turin.“

Die Klappe zum Unterdeck wurde geöffnet. Ein Unteroffizier schrie hinunter, dass sich alle Mann nach oben zu begeben hatten, um das Frühstück zu fassen. Wie junge Vögel aus ihren Nestern purzelten die von der kurzen Nacht noch schläfrigen Anwärter aus ihren Hängematten. Sie griffen nach ihren Gamellen und machten sich auf den Weg nach oben aufs Mitteldeck, wo ihnen von der Küchenmannschaft eine halbe Baguette, das übliche Stück Weißkäse und ein gekochtes Ei zusammen mit einem Becher Kaffee ausgeteilt wurde. Jetzt, auf hoher See, durften sich die *engagés volontaires* auf dem gesamten Mitteldeck frei bewegen. Mauro nutzte die Gelegenheit und suchte sich am Bug des Schiffes einen Platz an der Sonne mit Blick über die Reling auf die Weite des Wassers. Der

Tessiner, der sich ihm als Raffaele vorgestellt hatte, setzte sich in seine Nähe und bot ihm sein Ei an.

„Ich habe keinen großen Hunger."

„Danke."

„Was du im Bauch hast, kann dir keiner mehr nehmen", sagte er lächelnd, zog sein Heft hervor und begann zu schreiben.

„Was schreibst du da die ganze Zeit?"

„Tagebuch."

„Wozu soll das gut sein?"

„Ein Beweis, dass es mich gegeben hat."

„Rechnest du mit deinem Tod?"

„Kann passieren."

„Ob das gut ist, was wir da machen?"

„Jetzt ist es zu spät, um darüber nachzudenken."

Mauro stand auf und begann, auf dem Vordeck umherzugehen. Der kühle Fahrtwind, der ihm in die Haare fuhr, das helle Licht der Vormittagssonne, die Bewegung des Schiffes, das in sanftem Auf und Ab das Wasser durchpflügte und ihn weg von Europa trug, erfüllten ihn mit einem Gefühl der Erleichterung. Das Leidige zurücklassend, das Peinliche vergessend, steuerte er neuen Abenteuern entgegen, während denen er sich kennenlernen würde. Er musste an Vittorios Heftchen mit den frivolen Zeichnungen denken, das er unter die Matratze seiner Dachkammer in Nürnberg gelegt hatte und das inzwischen vermutlich von Tante Virginia entdeckt worden war. Nur das blaue Band von Aurelia und das Kreuz seiner Mutter waren ihm aus der alten Welt geblieben. Sie steckten in dem braunen Umschlag, den der Legionär in Straßburg mit seiner Nummer 370997 versehen und in irgendeinem Archiv deponiert hatte. Es werde ihm, so hatte er gesagt, irgendwann wieder zurückgegeben. Alles Übrige blieb zurück und spielte keine Rolle mehr. Er war ein neuer Mensch und konnte alles hinter sich lassen und von vorne beginnen.

Jetzt war er Mauro, der Luca Negri hieß. In dieser Armee, in diesem neuen Leben würde er es richtig machen.

Er war auf dem besten Weg, so zu werden, wie sein Vater ihn sich wünschte. Als ihm dieser Gedanke ins Bewusstsein kam, stieß er ihn zurück und warf ihn über Bord.

Im Aufenthaltsraum, der allen zur Verfügung stand, traf er auf die beiden Italiener. Sie standen an der Bar und tranken Bier. Sie bemerkten ihn nicht und Mauro wollte sich nicht zu ihnen gesellen. Er setzte sich auf eine Bank und trank aus seinem Becher den letzten Schluck Kaffee, der inzwischen kalt geworden war. Neben der Bank befand sich ein Regal, in dem Zeitschriften und einige Bücher lagen. Er griff sich eine der Zeitschriften. Es war das Magazin der Fremdenlegion. Er blätterte darin herum und stieß auf einen Artikel, in dem von der heldenhaften, aber verlorenen Schlacht in Dien Bien Phu berichtet wurde. Der Artikel war auf Französisch geschrieben. Inzwischen waren Mauros Französischkenntnisse recht gut, dennoch verstand er nicht sehr viel. Er schloss das Magazin wieder und legte es ins Regal zurück. Dabei entdeckte er ein Buch, dessen Titel ihm bekannt war. Es war ,*Krieg und Frieden*‘, eine ebenfalls italienische Übersetzung, wie das Buch, das ihm Aurelia zum Abschied in die Hände gelegt hatte. Ein italienischer Anwärter wie er einer war, hatte es hier vermutlich deponiert oder vergessen. Vielleicht langweilte ihn das Buch ebenso wie Mauro. Aber Mauro verband mit dem Buch eine Aufgabe und war damit verflochten. „Drei Seiten täglich und am Ende wirst

120

du wieder bei uns sein." Er erinnerte sich an die Worte, die ihm Aurelia von Carla ausgerichtet hatte, schlug es auf und versuchte, die Stelle zu finden, an der er in Nürnberg vor seiner überstürzten Flucht stehen geblieben war. Er hatte oft an das Buch denken müssen und es vermisst, als er in Straßburg gelangweilt auf seiner Pritsche gelegen hatte. Als er glaubte, die Stelle gefunden zu haben, stand er auf und ging zurück an Deck. Raffaele saß noch dort, wo ihn Mauro zurückgelassen hatte, und schrieb sein Tagebuch. Mauro setzte sich wieder zu ihm und las dort weiter, wo die Schlacht von Austerlitz begann. Fürst Andrej, der ihm in Erinnerung geblieben war, weil er den Grafen Pierre Besuchow eindringlich vor der Ehe gewarnt hatte, war jetzt mitten im Kriegsgetümmel. Er erzählte von seinem Traum und beschrieb ein Gefühl von Begeisterung und freudiger Erwartung im Hinblick auf die bevorstehende Schlacht, die ihn in Bann zog und ein nie gekanntes Glücksgefühl in ihm aufsteigen ließ. Er wollte sich bewähren, sich beweisen, ein tapferer Offizier sein, um seinem Zaren Ehre zu machen. Andrei blieb jedoch verwundet auf dem Schlachtfeld zurück und schloss mit seinem Leben ab. Am Abend nach der Schlacht ritt der trotz zahlenmäßiger Unterlegenheit siegreiche Napoleon mit seinen Gefolgsleuten über das Schlachtfeld, das von Toten und Verletzten übersäht war. Er traf auf den noch lebenden, aber schwer am Arm verletzten Andrej und befahl seinen Leuten, diesen tapferen Krieger, selbst wenn er zum Feind gehörte, in das französische Feldlazarett zu bringen und ihn zu pflegen.

Tief beeindruckt legte Mauro das Buch weg. Warum hatte Carla ihm gerade dieses Buch mit auf seinen Weg gegeben? Hatte sie etwas von dem, was ihm bevorstehen würde, geahnt? Aber wie? Und schon hatte sie ihn wieder, die Vergangenheit, die er zurücklassen wollte. Er sah die Bilder der Schlacht bei Austerlitz, er sah Carlas Blick, den sie auf ihn gerichtet hatte, als er mit Vittorio das Schulzimmer verlassen hatte, er fühlte den weichen und feuchten Kuss, den ihm Aurelia unter Tränen vor seiner Haustüre gegeben hatte.

Raffaele hatte mit dem Schreiben aufgehört. Er hatte den Kopf an die kalte Stahlwand des Schiffes gelehnt und summte mit geschlossen Augen eine Melodie. Es war die französische Nationalhymne, die sie schon oft gehört und mitzusingen gelernt hatten.

Die übrige Reise verlief ruhig. Das Schiff schaukelte sanft in der Dünung. Niemand wurde seekrank. Das Essen, das ihnen serviert wurde, schmeckte einmal mehr hervorragend. Henkersmahlzeit nannten es die einen, Willkommensmahl die andern. Es gab Wein von der besseren Sorte, Hammelfleisch und Kartoffelpüree mit Gemüse. Jeder bekam ein Päckchen Caporal, die besseren Zigaretten, und zum Nachtisch wurde sogar ein Cognac ausgeschenkt. Die beiden Nächte in der Hängematte waren für Mauro neu, aber nicht unbequem. Im Unterdeck, wo sie lagen, spürte man die Vibration des Schiffsmotors viel deutlicher als oben auf dem Mitteldeck. Das sanfte, brummende Geräusch lullte ihn ein und sorgte für einen friedlichen Schlaf.

Das wiedergefundene Buch legte er sich unter den Kopf.

17.

Gleißend helles Licht drang durch die Bullaugen in das Unterdeck. Das Schiff stand still, das Geräusch des Motors war verstummt.

„In fünf Minuten mit Sack und Pack auf dem Mitteldeck bereithalten", wurde durch die Deckklappe gebrüllt. Die Morgentoilette fiel aus. Die jungen Männer sprangen aus ihren Hängematten und drängten sich mit umgeschnalltem Rucksack zum Aufgang auf das mittlere Deck.

Mauro steckte sein Buch in den Rucksack und reihte sich ein, um die schmale Treppe hochzuklettern. Der Tessiner, schlaftrunken und mit zerknautschtem Gesicht, das durch den Kurzhaarschnitt, der in Marseille allen verpasst worden war, noch betont wurde, stand dicht hinter ihm. „Benvenuto africa", murmelte er vor sich hin. „L'afrique sans friques."

Als Mauro aus dem Schiffsrumpf auf die Gangway trat, wurde er von einem strahlend blauen Himmel empfangen. Die Sonne stand schon hoch. Das Hafenareal und die darüber liegende weiße Stadt erstrahlte in ihrem Licht, das so hell war, dass er nur mit zusammengekniffenen Augen die wippenden Treppenstufen hinabsteigen konnte. Die Hitze verschlug ihm den Atem. Es war, als würde er gegen eine unsichtbare Wand prallen.

Unten an der Treppe wurden Proviantpakete verteilt, die in der musette, im Brotbeutel, zu verstauen waren. Dann hieß es, sich im Laufschritt zu den bereitstehenden Camions, die von Legionären mit weißen Schirmmützen und Maschinengewehren im Anschlag umringt waren, zu bewegen und aufzusteigen. Es blieb keine Zeit, sich des neuen Kontinents, den man soeben betreten hatte, bewusst zu werden. Man war in Afrika, aber das hier war Frankreich. Immer noch. Nichts Neues. Nur ein wenig wärmer und heller. Selbst der durchdringende Ruf des Muezzins von einer nahegelegenen Moschee wurde kaum als Merkmal einer fremdartigen und neuen Kultur wahrgenommen. Man konzentrierte sich darauf, einen guten Platz auf der Ladepritsche des Camions zu bekommen, von denen man inzwischen wusste, dass sie unbequem waren.

Nachdem die dreihundert *engagés volontaires* verladen, die Verdecke herunter geschlagen und festgezurrt waren, fuhren die Camions in gewohnt halsbrecherischem Tempo durch die unbekannte Stadt Oran zum Bahnhof. Absteigen. Antreten. Appell. Das übliche Gebrüll der Vorgesetzten. Ein Zug stand bereit. Es war kein gewöhnlicher Zug. Er war befestigt. Die Fenster der Waggons waren mit Stahlplatten so zugedeckt, dass nur schmale Schlitze blieben, aus denen Maschinengewehrläufe hervorschauten. Der Lok vorgespannt waren drei leere, ungedeckte Güterwaggons. Sie sollten als erste in die Luft gehen, wenn der Zug auf eine Mine fuhr. Man war im Krieg. Im Krieg gegen einen unsichtbaren Feind. Ein mulmiges Gefühl beschlich die Aspiranten, als sie die Waggons bestiegen und von den Legionären, die hinter den Maschinengewehren saßen, empfangen wurden. Von ihnen war zu erfahren, dass eine Woche zuvor einer dieser Züge von Rebellen auf offener Strecke angegriffen worden sei, und dass es Tote gegeben habe, auch unter den *bleus pieps*, den Blauschwänzen, wie die *engagés volontaires* von den gestandenen Legionären verächtlich genannt wurden.

Der Zug fuhr los. Die beiden Italiener wurden plötzlich ganz kleinlaut und drängten sich wie die andern in der Mitte des Waggons zusammen. Einige saßen auf dem

124

Fußboden und steckten ihre Köpfe zwischen die Knie. Raffaele rückte Mauro nicht mehr von der Seite. Er zitterte. Mauro erstarrte vor Angst. Als der Zug hinter der Stadt wegen schlechter Schienenverhältnisse in langsamem Tempo über offenes Feld fuhr, meinte einer der Legionäre, dass jetzt die Strecke käme, die am gefährlichsten sei. Hier hätten die ‚fellaghas‘ die beste Möglichkeit, den Zug anzugreifen. Alle hielten den Atem an. Nur das Brummen der Diesellok und das rhythmische Klappern der Räder, die über die von der Hitze verformten Geleise holperten, waren zu hören. Doch plötzlich eine Salve aus einem Maschinengewehr. Die Legionäre brüllten sich Befehle zu. Erneut Schüsse aus den automatischen Waffen. Dann war Ruhe. Nach einer Weile des angespannten Wartens ein erleichtertes Lachen. Zigaretten wurden angezündet. Die Spannung löste sich. Falscher Alarm. Eine Herde Esel hatte sich der Bahnstrecke genähert. Sie wurde von den Gewehrsalven niedergemäht. Es sei schon einmal vorgekommen, dass sich die ‚fellaghas‘ an die Körper der Tiere gehängt und das Feuer eröffnet hätten, erklärte einer der Legionäre in schlechtem Französisch. Manchmal trügen die Esel auch Sprengsätze und würden auf den Zug zugetrieben. Aber diesmal sei alles gut gegangen. Die Esel seien alle harmlos gewesen.

Der Zug erhöhte jetzt sein Tempo. Die Italiener fanden ihre Sprache wieder. Andere packten ihr Frühstück aus, tranken von dem Wein, den man ihnen zum Proviant gepackt hatte.

Mauro griff nach seinem Buch.

„Lass uns zusammenbleiben und aufeinander aufpassen“, sagte der Tessiner, der immer noch dicht neben Mauro saß, und dem der Schrecken anzusehen war.

Mauro schaute von seinem Buch auf. „Einverstanden."

„Ich habe beinahe in die Hose gemacht vorhin."

Mauro sah ihm ins Gesicht, das nahe dem seinen war. Er betrachtete die weichen Züge, die sanften Augen und die poetisch geschwungene Oberlippe dieses sensiblen Jungen und nickte ihm zu. „Wird schon."

„Muss", lächelte er zurück.

Mauro vertiefte sich wieder in sein Buch. Raffaele nahm sein Heft hervor und schrieb mit noch immer zitternder Hand Zeile um Zeile in sein Tagebuch.

Der Rest der Zugfahrt verlief ohne weitere Zwischenfälle. Von der Umgebung, durch die der Zug fuhr, sahen die jungen Männer nichts. Ein heißer Wind, der Sand mit sich trug, blies durch die engen Schlitze der verbarrikadierten Fenster. Man näherte sich der großen Wüste, die mehr als vier Fünftel dieses Landes ausmachte. Die meisten Neuankömmlinge waren eingenickt. Auch Mauros Augendeckel wurden schwer. Raffaele hatte sein Heft beiseite und den Kopf in die Hände gelegt. Der Zug verlangsamte seine Fahrt erneut. Durch die Schlitze waren Häuser zu sehen, die dicht am Bahngeleise standen. Man näherte sich dem Ziel: Sidi bel Abbès.

Für manche klang der Name dieser Garnisonsstadt wie Magie in den Ohren. Eine Stadt, die ausschließlich für die Legion am nördlichen Rand der Sahara gebaut worden war. Hier sammelte sich alles, was mit der Legion zusammenhing. Hier wurden die Bataillone zusammengestellt und in die Einsatzgebiete geschickt. Hier waren die ganze Logistik und Verwaltung der Legion untergebracht. Und hier fand die Ausbildung zum Legionär statt. Sie dauerte drei Monate, in denen die Anwärter härtestem Drill, schweren Entbehrungen und lebensbedrohlichen Gefahren ausgesetzt

126

wurden, um am Schluss des Lehrgangs bereit und gerüstet zu sein, sich den Aufgaben zu stellen, die die reguläre französische Armee der Legion unter dem Stichwort Drecksarbeit überließ. Die Legion war die Vorhut, die Avantgarde, wie Mauro in ,*Krieg und Frieden*' gelernt hatte. Sie waren die, die als erste getötet wurden.

Warum sich junge Männer immer wieder dieser Truppe anschließen, bleibt rätselhaft. Es kann nicht nur darum gehen, sich zu bewähren, wie es Mauro als Grund angegeben hat. Es muss mehr dahinterstecken, dass sich Männer am Anfang ihres jungen Lebens immer wieder zu diesem Schritt entschließen. Suchen sie den Tod? Sind sie bereit, alles auf eine Karte zu setzen? Ihr Leben wegzuwerfen, als wäre es ein alter Schuh? Das hier ist kein Geplänkel. Das hier ist ernst. Es geht um das Leben, das man verlieren kann. Liegt die Rechtfertigung dafür, auf andere zu schießen, anonyme Leben auszulöschen, nicht in der immerwährenden Angst, das eigene einzubüßen? Dem eigenen Tod zuvorzukommen? Unrecht begehen, um keines zu erleiden? Ist es nicht der Wille zum Tod, dem die Menschheit schon immer folgt? Und nur im Tod des andern, was wir Sieg nennen, blüht das eigene Leben auf, bis es vielleicht selbst brutal vernichtet wird. Die hier versammelten jungen Männer waren nicht in der Verfassung, sich dessen bewusst zu werden. Vielleicht spürten sie es. Ahnten, dass sie hergekommen waren, um in fremdem Namen ein Unrecht zu begehen. Umso gieriger schlürften sie große Worte wie Verteidigung der Freiheit, Notwendigkeit und Heldentum in sich ein, um sich davon abhalten, der Absurdität ihres Tuns nachzuspüren.

Der Zug fuhr in den Bahnhof ein und kam zum Stehen. Wieder wurden die Befehle gebrüllt, die allen inzwischen bekannt waren. Alle verließen eiligst die Waggons, durchschritten die Empfangshalle des Bahnhofs und versammelten sich in Zweierreihen vor dem weißen Gebäude, das nach der Jahrhundertwende in einem für die damalige Zeit beinahe futuristischen Stil entworfen worden war. Der leicht abschüssige Platz mündete in eine Straße, die Avenue des Légionaires, auf der die Truppe – nun angeführt von einem Vorgesetzten – stolzen Schrittes, wie sie es zuvor in Marseille geübt hatten, der Kaserne entgegen marschierte. Die Straße wurde von Frauen in bunten Röcken und mit Bändern in den Haaren gesäumt. Männer schwenkten ihre flachen Hüte und hoben ihre Kinder hoch in die Luft, damit sie die Vorbeimarschierenden sehen konnten. Man winkte den jungen Helden zu. Sie waren willkommen. Man hatte sie erwartet.

,*Voilà du boudin, pour les Alsaciens, les Suisses et les Lorrains, pour les Belges, il y en a plus, pour les Belges, il y en a plus, ce sont des tireurs au cul.*‘

Die Truppe schritt nach kurzem Marsch durch das Tor der Kaserne, das von den wachhabenden Soldaten geöffnet worden war und hinter ihnen sofort wieder geschlossen wurde. Man war im Heim. Legio patria nostra.

18.

Die folgenden Wochen waren geprägt von hartem Training, strenger Disziplin und Entbehrungen aller Art. Was gemächlich begonnen hatte, wurde jeden Tag härter. Als erstes wurde den *,engagés volontaires'* der Besuch im Museum der Fremdenlegion, das sich auf der gegenüberliegenden Straßenseite der Kaserne befand, verordnet. Nachdem im Kasernenhof eine Stunde lang Marschieren im Gleichschritt bei achtundachtzig Schritten pro Minute geübt worden war, wurde das Kasernentor geöffnet und die Abteilung überquerte die Straße, um im jenseitigen Areal vor dem großen Denkmal strammzustehen, das an das Gefecht bei Camerone 1863 in Mexico erinnerte. Über sechzig Legionäre waren damals als Avantgarde losgeschickt worden, um für einen nachfolgenden Versorgungstransport der regulären Armee die Passage zu sichern. Der Legionärstrupp wurde von einer zahlenmäßig überlegenen mexikanischen Armee überrascht. Die Legionäre zogen sich in eine Hazienda zurück und verschanzten sich dort. Obwohl die Sache aussichtslos war, wollte keiner der Legionäre aufgeben. Nachdem sie ihren letzten Schuss abgefeuert hatten, kämpften sie mit ihren Bajonetten weiter. Sie kämpften tapfer bis zum letzten Mann gegen die übermächtige mexikanische Armee und wurden so zum Symbol für Tapferkeit, Befehlstreue und Kameradschaft. In Erinnerung an dieses Gefecht wurde jedes Jahr der dreißigste April in allen Einheiten der Legion mit großem Zeremoniell gefeiert.

Im Museum wurden, nebst Uniformen und Standarten, die Waffen, mit denen die Legionäre gekämpft hatten, in Vitrinen ausgestellt. Auch die legendäre Holzhand von

Capitaine Danjou, auf die er im Gefecht von Camerone den Treueeid hatte schwören lassen, gehörte zu den Ausstellungstücken. Die Geschichten zu den Exponaten wurde den *,bleus pieps'* von einem älteren Legionär, dem die Pflege des Museums oblag, mit leidenschaftlicher Stimme erläutert.

An einem der darauffolgenden Tage erhielten die *,engagés volontaires'* ihre zweite Impfspritze. Die anschließenden Maßnahmen waren dieselben wie schon in Marseille: Essensentzug und Bettruhe.

Im Französischunterricht, den sie täglich besuchen mussten, wurde darauf geachtet, dass die fünfhundert Worte, die jeder Legionär als Mindestanforderung zu beherrschen hatte, so oft wiederholt wurden, bis sie saßen. Auch der Gesangsunterricht ging weiter. Keiner durfte fehlen, auch wenn sich die Begeisterung dafür bei manchen sehr in Grenzen hielt. Es gab kein Wollen oder Nichtwollen mehr. Vorlieben oder Abneigungen waren irrelevant geworden. Nur der Befehl zählte. Ihm war ohne Widerspruch Folge zu leisten. Und so kam es, dass Mauro und Raffaele, die sich geschworen hatten, gemeinsam die fünf Jahre durchzustehen und füreinander da zu sein, schon früh getrennt wurden. Es wurde bemerkt, dass Raffaele ein überdurchschnittlich gutes Musikgehör hatte, was dazu führte, dass er kurz nach der Grundausbildung als Trompeter in das Musikcorps aufgenommen wurde. Zunächst aber musste auch er, wie alle andern, den harten Drill über sich ergehen lassen.

An die Erniedrigungen, die gebrüllten Befehle, die vorschriftsgemäßen, stereotypen Meldungen bei den Vorgesetzten hatte sich die Truppe allmählich gewöhnt. Man wusste aus Marseille, dass jeder Fehltritt, jeder Verstoß eines einzelnen die Bestrafung der ganzen Einheit zur Folge hatte. Selbst kleinste Übertretungen, wie eine schlechte Rasur, ungebügelte Hemden oder beim endlosen Marschieren aus dem Takt geraten, wurden mit Einschränkung der Essensrationen oder mit stundenlangem Stehen in der Sonne quittiert. So gab sich jeder die größte Mühe, dem anderen, den Kameraden, der neuen Familie, nicht zur Last zu fallen. An Ausgang war nicht zu denken. Die Kaserne war ihre Welt. Aufgaben auszuführen, wie zum Beispiel die Kleider waschen, Bügelfalten in vorgeschriebenem Zentimetermaß anbringen, Bettlaken in exakter Linie ausrichten, Schuhe geputzt in den Schrank stellen, und all diese pedantischen Regeln einzuhalten, klappte schon ganz gut und wurde immer mehr zur Gewohnheit.

Schon bald danach wurde die Pflege der Waffe geübt. Das hatte so weit zu gehen, dass die Waffe in vorgeschriebener Zeit mit verbundenen Augen auseinandergenommen und wieder zusammengesetzt werden konnte. Die Waffe, eine Maschinenpistole vom Typ MAT-49, wurde ihnen nur zu Übungszwecken und ohne Munition ausgehändigt. Nach der Übung wurde sie wieder eingezogen.

Es folgten Nahkampfübungen, bei denen es hart zur Sache ging. Für Mauro waren es diese Trainingseinheiten, die ihm am meisten zusagten. Er entdeckte die Lust am Kampf Mann gegen Mann. Mit seiner zunehmenden körperlichen Ertüchtigung sowie seiner wachsenden Muskelkraft und Wendigkeit, kamen Talente zum Vorschein, von denen er nicht gewusst hatte, dass er sie besaß. Es hatte etwas spielerisches für ihn, ein sportlicher Spaß, bei dem er sein Geschick, seine Wendigkeit und seine Reaktionsfähigkeit unter Beweis stellen konnte. Vielleicht war er deshalb so schnell an dem Handgelenk des Kerls in Nürnberg gewesen, weil in ihm ein Wettkämpfer schlummerte. Vielleicht war er es sogar selbst gewesen, der das Handgelenk umgedreht und damit die Waffe gegen den Angreifer gerichtet hatte. Instinktiv hatte er in diesem Kampf das gemacht, was ihm hier Schritt für Schritt beigebracht wurde. Einen fiktiven Angreifer, der ihn mit einem Messer bedrohte, so abzuwehren, dass er unschädlich gemacht werden konnte, bedurfte genau der Schnelligkeit, der Täuschung und der Voraussicht, die Mauro schon damals in der Bar gezeigt hatte und die er nun in diesen Übungen perfektionierte. Die Beinarbeit war besonders wichtig. Ein plötzlich ausgeführter, harter Tritt gegen das gestreckte Knie des Gegners schaffte die Irritation, die notwendig war, um den Arm mit der messertragenden Hand blitzschnell zu ergreifen und auf den Rücken zu drehen oder gegen den Angreifer zu richten. Die Übung endete damit, dass dem am Boden Liegenden von hinten der Kopf so weit umgedreht wurde, dass im Ernstfall sein Genick brach. Das Ganze hatte in weniger als fünfzehn Sekunden zu erfolgen, jeder Schritt musste so einstudiert werden, dass er blind ausgeführt werden konnte. Nur so bestand eine reelle Chance, einen echten Kampf zu gewinnen.

Mauro war einer derjenigen, die die in Zeitlupe durch den Instruktor eingeübte Bewegungsabfolge am schnellsten verstanden und am korrektesten ausführten. Wenn er diese Technik vorher beherrscht hätte, wäre die Auseinandersetzung in Nürnberg vielleicht nicht tödlich verlaufen. Dann hätte er den Kerl unschädlich machen können, ohne dass er dabei zu Tode gekommen wäre, und er stünde jetzt immer noch in der Eisküche von Onkel Paolo oder läge in Silkes Armen. Er musste an ihren Blick denken, den sie ihm zugeworfen hatte, als er mit John fluchtartig das Lokal verlassen hatte, ohne ihr etwas erklären zu können. In ihm lagen Entsetzen und Angst, als hätte sie geahnt, was da vorgefallen war. In ihren Augen musste er ein Mörder sein.

Es folgten weitere Trainings, die den Instruktoren, wie es schien, am meisten Spaß machten. Robben im Dreck mit der Waffe und dem Rucksack, springen von einem hohen Gerüst, über Zäune und Barrikaden klettern, stets begleitet von groben Beschimpfungen, dass man zu langsam, zu träge, zu faul, zu vollgefressen oder zu wenig bei der Sache sei. Als Abschluss dieses Trainings mussten sie unter einem tiefliegenden Stacheldraht hindurch kriechen, während die Vorgesetzten dicht neben den sich vorwärts bewegenden Körpern mit scharfer Munition in den Boden schossen. Zwischendurch gab es immer wieder lange Märsche außerhalb des Kasernengeländes. Auch Nachtmärsche, Nachtangriffe und Übernachtungen im freien Gelände gehörten dazu. Sie gingen durch den Dreck, sie wühlten die Erde auf, sie wurden gekränkt und geschunden, bis ihre animalischen Instinkte erwachten und sie sich als Gruppe, als Team, als ein zusammengeschweißter Körper blind den erteilten Befehlen ergaben.

Gegen Ende des Lehrgangs wurde die härteste Prüfung angesagt: Überleben im Gelände. Eine Gruppe von sieben Mann, darunter die beiden Italiener und Raffaele, dem diese Übung nicht erspart blieb, obwohl er Musikant war, wurde vier Tage mit nur einem Liter Trinkwasser pro Mann irgendwo in der Buschlandschaft ausgesetzt und musste sehen, wie sie zurechtkam. Nahrung wurde keine ausgegeben. Das Gelände gab nichts her. Die Sonne brannte gnadenlos. Niederes Buschwerk spendete tagsüber weder

Schatten, noch bot es in der Nacht Schutz vor Kälte.

Einer der beiden Italiener teilte seine Wasserration schlecht ein und hatte bereits am zweiten Tag nichts mehr zu trinken. Er verfiel in einen wahnartigen Zustand, versuchte, sich des Vorrats der andern zu bemächtigen. Er wurde überwältigt und mit einem Unterhemd an Händen und Füssen festgebunden. Zunächst schrie er und tobte, später wurde er apathisch und musste von den andern versorgt werden. Er war eine große Last, die die andern mitzutragen hatten.

Einer der Männer wurde von einem Skorpion gestochen. Er hatte rasende Schmerzen und verfiel in eine Art Delirium. Mauro versuchte, die Stichstelle mit seinem glühenden Taschenmesser auszubrennen. Das führte jedoch zu noch viel heftigeren Schmerzen, so dass er es unterließ, weiter an der Wunde des Verletzten herum zu laborieren. Raffaele und er bildeten ein Zweierteam und übernahmen die Führung. Raffaele war es, der die andern belehrte, mit der gegenwärtigen Situation nicht zu hadern, sondern sie als Gegebenheit anzunehmen und zu versuchen, daraus das Beste zu machen. Wasser einsparen war das oberste Gebot. Dreihundert Milliliter täglich durfte jeder zu sich nehmen. Hundert am Morgen, hundert am Mittag und hundert abends. Alle mussten kleine Mengen ihrer Rationen dem verrückt gewordenen Italiener zur Verfügung stellen, damit er nicht verdurstete. Sich möglichst wenig bewegen, auf einem definierten Areal bleiben und sich nicht von den andern entfernen, waren die Anordnungen, die sie den andern gaben und deren Einhaltung beide überwachten. Sie sammelten dürre Äste, die sie in den umliegenden Büschen fanden. Um das Areal wurde ein Graben gezogen, in dem die Glut der Nachtfeuer immer wieder erneuert wurde, um zu versuchen, Schlangen und Skorpione abzuhalten. Selbst wenn die Glut nicht mehr heiß war, stelle sie doch eine gewisse Barriere dar, die vor allem die Skorpione daran hindern solle, sich ihnen zu nähern, erklärte Raffaele. Wachen für die Nacht wurden eingeteilt. Der verrückt gewordene Italiener und der vom Skorpion Gestochene mussten aufmerksam beobachtet werden.

Der Hunger war fast nicht zu ertragen. Es gelang ihnen, Vögel zu fangen. Darin zeigte ein Jugoslawe besonderes Geschick, indem er, wenn ein Vogel in die Büsche flog, aus einiger Distanz seine Jacke so über das Gestrüpp warf, dass er nicht mehr weg fliegen konnte. Sie tranken das Blut der Vögel und ihr spärliches Fleisch wurde geröstet und aufgeteilt.

Nachts sank das Thermometer unter den Gefrierpunkt und die Gruppe rückte so nahe zusammen, dass sie sich gegenseitig wärmten. Den Verrückten und den Kranken nahmen sie in ihre Mitte. Um vom Hunger abzulenken, musste auf Anordnung von Raffaele jeder eine Geschichte erzählen.

Endlich, am Morgen des vierten Tages entdeckten sie eine Staubwolke am Horizont. Ein dreiachsiger Dodge näherte sich der Gruppe. Die lachenden Legionäre, die auf dem Fahrzeug saßen, warfen ihnen Wasserflaschen zu, luden den Skorpion-Patienten auf eine Trage und hießen die andern, aufzusitzen. Die Hölle war vorbei.

Zurück in der Kaserne wurden sie mit Essen und Trinken versorgt, wobei ihnen nur kleine Rationen ausgeteilt wurden, damit sich ihre Mägen langsam wieder der Normalität anpassen konnten. Nach zwei Tagen Bettruhe mussten alle im Klassenraum antreten und sich die Kritik zu ihrer

Überlebensübung anhören. Dabei wurde vor allem auf das nächtliche Feuer eingegangen, das ihnen als schwerer Fehler angekreidet wurde, da es einem möglichen Feind als perfekte Zielscheibe hätte dienen können. Spätestens jetzt wurde allen klar, dass sie während der ganzen Zeit, als sie da im offenen Feld gesessen hatten, von den Instruktoren aus der Ferne beobachtet worden waren.

Der Italiener wurde nach Hause geschickt, derjenige, der vom Skorpion erwischt worden war, in ein Hospital verlegt. Der Umgangston der Vorgesetzten gegenüber den Restlichen wurde freundlicher; zwar noch nicht respektvoll, aber anerkennend begegnete man ihnen, denn alle, die da schrien und Befehle erteilten, hatten dasselbe durchgemacht und wussten genau, wie groß das Leiden gewesen war, das die ‚*bleus pieps*‘ hatten durchstehen müssen.

Im letzten Teil der Ausbildung folgte ein intensives Training an der Waffe. Schießübungen, Handgranaten werfen, erneute intensive Waffenkunde.

Einer nach dem andern wurde zum Kommandanten ins Büro zitiert und danach gefragt, in welcher Einheit er dienen wolle. Raffaele würde nach Abschluss der Ausbildung in eine Einheit im Norden von Algerien versetzt werden, um der Legion bei ihren Auftritten in der Öffentlichkeit zu dienen. Mauro entschied sich für die Fallschirmspringer und wurde dem deuxième REP zugeteilt.

Die feierliche Ausgabe der Dienstwaffe und die Entgegennahme des Képi blanc, der weißen Schirmmütze, bildeten den Abschluss der Ausbildung.

Bereits am nächsten Tag wurden die neuen Legionäre frisch eingekleidet. Sie erhielten Kampfanzüge, Arbeits- und Ausgehuniformen, neue Unterwäsche und Hemden, Kampfstiefel und Halbschuhe, verschiedene Gürtel, ein grünes Barrett mit dem goldenen Abzeichen der Legion und viele zusätzliche Materialien, mit denen sie ihr zukünftiges Leben zu bestreiten hatten. Die Verabschiedungszeremonie wurde mit einem Gelage in der Kaserne abgerundet. Danach durften die Frischlinge die Kaserne verlassen und sich zum ersten Mal seit ihrer Ankunft in der Stadt in einer der vorgeschriebenen Bars vergnügen. Schon am nächsten Tag wurden sie getrennt und an ihre neuen Bestimmungsorte verlegt. Mauro kam nach Mascara, Raffaele nach Cherchell.

Auch sie sahen sich nie wieder.

19.

Die politische Lage in Algerien hatte sich Ende des Jahres 1960 weiter zugespitzt. Nachdem de Gaulle, seit 1958 Präsident der fünften Republik, ein Referendum über den zukünftigen Status Algeriens angekündigt hatte, war es zu einer Spaltung in drei Lager gekommen. Einerseits gab es diejenigen Algerienfranzosen, die sich von der eigenen Regierung verraten fühlten und sich verbissen gegen ein Referendum wehrten, weil sie um ihre Besitztümer fürchteten. Andererseits war da die algerische Befreiungsfront, die das Referendum deshalb abgelehnt hatte, weil in ihren Augen die Unabhängigkeit von Frankreich selbstverständlich war und nicht zur Debatte stand. Die dritte Fraktion bestand aus den liberalen Algerienfranzosen, die sich eine teilweise Unabhängigkeit und Verhandlungen mit den Aufständischen vorstellen konnten. Es kam zu bürgerkriegsähnlichen Zuständen mit Barrikaden und Straßenschlachten, bei denen Franzosen gegen Franzosen vorgingen, bei denen radikale Algerier ihre gemäßigten und kompromissbereiten Landsleute umbrachten. Es herrschte ein Klima des Terrors, wobei die Frontlinien nicht immer klar auseinanderzuhalten waren. Die Führung der Fremdenlegion war bemüht, zu vertuschen, dass die Einigkeit innerhalb der französischen Armee ebenfalls Risse bekam, und schwor ihre Truppen auf den ausschließlichen Kampf gegen die algerische Befreiungsfront ein. Die Spaltung der Streitkräfte, die im Putsch der vier Generäle gipfelte, ließ sich nicht mehr verleugnen. Sie trat in besonderem Maße in der Gründung der OAS offen zutage, einer geheimen französischen Terrororganisation, die sowohl in Algerien als auch in der Metropole offene und verdeckte Aktionen gegen alle durchführte, die sich um eine friedliche Kompromisslösung in der Algerienfrage bemühten.

Der Stimmungswandel war überall, wo Menschen zusammenkamen, spürbar. In den Bistros wurde heftig gestritten. Die Zeitungen berichteten täglich. Es wurde davon gesprochen, dass gefangene Widerstandskämpfer, aber auch Journalisten gefoltert wurden und dass an diesen Gräueltaten auch die Legion beteiligt war. So wurde ruchbar, dass ein gewisser Jean-Jaques Susini, der mit der OAS sympathisierte, seine Villa in einem Nobelviertel von Algier zur Verfügung stellte, um sogenannte Befragungen durchzuführen, bei denen Frauen und Männer, die im Verdacht standen, dem Widerstand anzugehören, auf brutalste und unmenschlichste Weise zu Tode kamen. Die Linke um Jean-Paul Sartre und Albert Camus sorgte im Mutterland Frankreich dafür, dass diese Verbrechen gegen die Menschlichkeit öffentlich wurden, und zwang die Politik dazu, ihren Kurs in Bezug auf Algerien zu ändern.

In den Kasernen der Legion war von der veränderten politischen Lage wenig zu spüren. Man bemühte sich ‚business as usual‘ in der bekannten Disziplin und Auftragstreue weiterzuführen.

Die Ankunft in Mascara war nichts Neues für Mauro. Jede Kaserne der Legion glich der andern. Überall die gleichen Gebäude, Innenhöfe, Plätze, überall die gleichen Schlafsäle, Waschräume und Messen, so dass sich ein Legionär, der von der Führung im ganzen Land herumgeschickt wurde, an allen Orten sofort auskannte.

Von den Jungs, mit denen Mauro seine Ausbildung durchlitten hatte, waren nur der Italiener Franco und der Jugoslawe Vlado geblieben. Sie waren im selben Fallschirmregiment wie Mauro eingeteilt und ebenfalls nach Mascara verlegt worden. Sie wurden aber alle verschiedenen Einheiten zugeteilt, so dass Mauro wieder einmal alleine dastand. Er hatte sich daran gewöhnt, denn ein Legionär war wie der andere, ein guter und treuer Kamerad, auf den man sich in jeder Lage verlassen musste.

Sein Buch, das er auf dem Schiff durch Zufall wiedergefunden hatte, hatte er während der Ausbildung vernachlässigen müssen. Es war keine Zeit zum Lesen geblieben oder er war so erschöpft gewesen, dass er nur noch hatte schlafen wollen. Jetzt, nachdem er Legionär geworden war, würde sich das ändern, hoffte er. Als Legionär bekam er freie Zeit zugeteilt. Er durfte die Kaserne verlassen, Bars besuchen, sich in eine Ecke verkriechen und ganz für sich sein. Schon seit einiger Zeit ging ihm immer wieder der Gedanke durch den Kopf, ob er sich einmal schriftlich bei seiner Mutter melden sollte. Er hatte früher schon einige Male versucht, einen Brief zu schreiben, hatte dann aber nach den ersten paar Zeilen den Bogen wieder zerknüllt und schließlich aufgegeben. Zu einem weiteren Versuch konnte er sich auch jetzt nicht durchringen.

Aufbauend auf die Grundausbildung begann in Mascara nun die Ausbildung zum Fallschirmspringer. Das Erlernen eines Fallschirmsprungs aus einer Höhe von sechshundert Metern fing damit an, dass die Legionäre von einem Gerüst springen und sich am Boden abrollen mussten. Die erste Stufe war bei einem Meter, die oberste bei vier Metern über der Erde. Aus vier Metern Höhe auf die Erde zu springen, entsprach dem Auftreffen auf die Erde nach einem Fallschirmsprung. Mehrere Tage lang wurden nur diese Sprünge vom Gerüst geübt. Gleichzeitig wurden sie mit dem Fallschirm vertraut gemacht und über die Funktionsweise instruiert. Die Reißleine war an einem Bügel im Flugzeug festgemacht. Der Sprung in die Leere der Luft dauerte zwei Sekunden. Dann setzten der Widerstand des Fallschirms und das Gefühl des Getragen Werdens ein. Soweit die Theorie.

Gleichzeitig wurde der Umgang mit der Waffe geübt. Sie übten, in ruhender Position zu schießen und sie übten das Schießen, während sie in Bewegung waren. Außerdem trainierten sie den Umgang mit Handgranaten.

Dann endlich kam der Moment, auf den alle mit Spannung, Angst und Vorfreude gewartet hatten. Auf dem nahe gelegenen Militärflugfeld wurde die gesamte Trainingseinheit auf zwei Flugzeuge, die mit laufenden Motoren bereitstanden, verteilt. Nach dem Abheben und Erreichen der Arbeitshöhe, von wo aus gesprungen werden konnte, wurde die hintere Tür geöffnet. Ein kräftiger Windstoß drang ins Innere der Kabine, in der die Kandidaten mit ihren umgeschnallten Fallschirmen aufgereiht saßen. Die Reißleinen wurden unter dem Kontrollblick der Instruktoren am Auslösebügel eingeklinkt. Der ohrenbetäubende

Lärm der Maschine machte eine Konversation unmöglich, so dass man sich mit Handzeichen behelfen musste.

Mauro war der vierte in der Reihe. Sein Schließmuskel drohte zu versagen, als er sich zum Sprung bereitmachte. Noch klammerte er sich am Haltegriff beim Ausgang fest, dann erhielt er einen Schlag auf den Rücken und wurde hinaus gestoßen. Der freie Fall dauerte nur einen Augenblick; ein Augenblick, in dem er sein ganzes Leben wie auf einem Tablett angerichtet vor sich sah: die frivolen Zeichnungen von Vittorio, das blaue Band, die behandschuhte Hand seiner Mutter am Lenkrad, als sie wegfuhr, sein Traum von der gebärenden Silke, sein Eindringen in Gabriella, der wutschäumende Blick seines Vaters ... Alles hatte in dieser Sekunde Platz. Mit einem gewaltigen Ruck wurde er in die Wirklichkeit zurück katapultiert; der Fallschirm hatte sich entfaltet. Eine friedvolle Stille umgab ihn. Weit oben sah er, wie sich das Flugzeug von ihm entfernte und eine Spur von sich entfaltenden Fallschirmen, die wie Pilze vom Himmel regneten, nach sich zog. Er konnte keinen seiner Kameraden unterscheiden. Das schöne Fluggefühl dauerte nur kurz, denn der Boden kam sehr viel schneller näher, als er gedacht hatte. Er musste sich auf die Landung vorbereiten, die dem eingeübten Sprung aus den vier Metern Höhe entsprach. Als seine Stiefel die Erde berührten, fühlte er einen Schlag, der durch seinen ganzen Körper ging. Er knickte ein und vollzog, wie eingeübt, die Abrollbewegung, während sich sein gesamter Körper zweimal überschlug. Dann mussten die Leinen, an denen der Fallschirm hing, eingeholt werden, um das von dem heißen Wüstenwind geblähte Tuch zu bändigen. Danach saß er im Marschland, das ihn an die grauenvollen drei Tage erinnerte, und wartete, bis ihn ein Dreiachser aufsammelte.

Alle hatten den ersten Sprung heil überstanden und wurden zur Basis zurückgefahren. Nachdem die Flugzeuge gelandet waren, gab es Lob von Seiten der Instruktoren, von denen sich der eine ohne erkennbaren Grund neben Mauro stellte, ihm seine Hand auf die Schulter legte und ihm anerkennend zunickte.

Nach einer zugestandenen Zigarettenpause ging es gleich wieder in die Luft. Insgesamt wurden an diesem ersten Flugtag fünf Sprünge hintereinander durchgeführt. Jedes Mal erlebte Mauro ein Glücksgefühl, wenn er am Fallschirm hing. Es war ihm, als würde diese kurze Zeit des Gleitens und Schwebens jedes Mal intensiver.

Das Training dauerte zwei Wochen. Es schloss in der zweiten Woche Nachtsprünge mit ein.

Unzählige Male wurde das korrekte Falten und Verpacken des Schirms, von dem das Leben abhing, geübt. Ein falsch gefalteter Schirm konnte sich im schlimmsten Fall nicht korrekt öffnen. Der Instruktor, der Mauro die Hand auf die Schulter gelegt hatte, war in auffälliger Weise häufig in Mauros Nähe. Er berührte ihn am Arm und führte seine Hände bei der Demonstration der Faltbewegungen. Mauro fühlte sich unbehaglich. Als er dann noch ein verbales Lob erhielt, war er vollends irritiert. So etwas war unüblich in der Legion. Was ihn aber am meisten ärgerte, war, dass es ihm guttat, gelobt zu werden.

Schon wenige Tage später wurde es ernst. Der erste Kampfeinsatz stand bevor. Er fand ohne Fallschirm statt. Der Zug, dem Mauro zugeteilt war und in der Legion Peloton hieß, wurde zu einem Außenposten weiter westlich verlegt. Dort angekommen wurden genaue Instruktionen erteilt. Es war geplant, sie gleich am nächsten Tag von drei Fahrzeugen zum Einsatzort bringen zu lassen. Er lag

142

in einem Gebiet, wo eine wichtige Versorgungsstraße der regulären Armee durch einen felsigen Abschnitt führte. Aufklärungsflugzeuge hatten dort in den letzten Tagen auffällige Bewegungen der ‚*fellaghas*'beobachtet. Es wurde vermutet, dass sie sich in den Felsen verschanzt hatten, um die Truppentransporte anzugreifen. Man rechnete damit, einige Tage im Gelände zu bleiben.

Wasser und Essensrationen für drei Tage wurden ausgegeben. Dem Peloton wurde ein Funker zugeteilt, der mit der Einsatzzentrale Kontakt zu halten hatte. Ein Maschinengewehr wurde auseinandergebaut, das Gewehrrohr, das Stativ und die Munitionsgürtel würden auf fünf Leute verteilt werden. Zusätzlich würde jeder seine Maschinenpistole, ausreichend Munition und einige Handgranaten mit sich tragen.

Angeführt wurde das Peloton von einem schwedischen Caporal. „Wir werden im Maquis abgesetzt und kämpfen uns vorsichtig zu der Schlucht vor. Wir schleichen uns vom Felsplateau an und versuchen, dem Feind in den Rücken zu fallen, indem wir von oben herabsteigen. Sobald wir die Felsen erreicht haben, wird auf alles, was sich bewegt, geschossen. Ziel: vollständige Neutralisierung der Terroristen durch Vernichtung oder Gefangennahme. Honneur et fidelité!"

„Honneur et fidelité", antwortete die Gruppe wie aus einem Mund.

„Wegtreten!"

Scharfe Munition und Handgranaten wurden ausgegeben. Danach ging es zum Fourier, der die Essens- und Wasserrationen verteilte.

Was zuvor in den Übungen einfach und sportlich aussah, wurde jetzt blutiger Ernst. Keiner der Neuen hatte eine Vorstellung davon, was auf sie zukommen würde.

Die Außenstation bot keine Annehmlichkeiten. Geschlafen wurde in Zelten, die von einer Steinmauer und Stacheldraht umgeben waren. Die Nächte waren bitterkalt.

Mauro hatte Angst vor dem nächsten Tag. Er schlief unruhig auf seinem Feldbett. Vielleicht war dies die letzte Nacht in seinem Leben. Als er zum Legionär geworden war, sein Képi blanc und seine Waffe feierlich ausgehändigt bekommen hatte, war ihm auch der graue Briefumschlag mit seinen persönlichen Gegenständen zurückgegeben worden. Aurelias Band und das Kreuz seiner Mutter trug er seitdem immer bei sich. Jetzt, in dieser schicksalhaften Nacht, umklammerte er beides mit seiner Hand.

Die Kameraden, die mit ihm das Zelt teilten, schliefen ebenso unruhig wie er. Ein leises Wimmern war zu vernehmen. Woher es kam, konnte Mauro nicht feststellen.

Die Sonne tauchte gerade über dem Horizont auf, als zur Reveille geblasen wurde. Die Legionäre, die den Außenposten hielten, verteilten Kaffee und Schwarzbrot. Eine letzte Zigarette, die nervös zwischen den Fingern hin und her gedreht wurde, dann kamen die Fahrzeuge. Sie nahmen die Soldaten auf und fuhren in das unendliche Land, das vor ihnen lag. Irgendwo da draußen in der Ferne war der Krieg. Nichts deutete darauf hin. Wäre nicht der Lärm der Motoren gewesen, man hätte nichts gehört, nichts außer der Stille der Wüste. Die Fahrzeuge hielten mitten im Maquis, der wie gewohnt von niederem Buschwerk übersäht war. Sie waren etwa zehn Kilometer von der Schlucht entfernt. Bis dorthin mussten sie einen Marsch zurücklegen, bei dem es drauf ankam, so leise und vorsichtig wie möglich vorzurücken. Das Gelände war hügelig und leicht abschüssig. Sie schlichen in gebeugter

Haltung von Busch zu Busch. Die Sonne brannte bereits unbarmherzig auf die Nacken der Männer herab. Einige von ihnen hatten sich ihre Nackentücher umgebunden, um sich zu schützen. Die Maschinenpistolen im Anschlag rückten sie mit ihren grünen Baretten und den sandfarbenen Uniformen Schritt für Schritt vor. Hinter jedem Busch könnte der Feind lauern und das Feuer auf sie eröffnen. Auf einem Felsplateau angekommen, wurde das Maschinengewehr hinter einer Tarnung zusammengesetzt und in Stellung gebracht. Der Caporal verteilte seine Leute mit Handzeichen so, dass sie rechts und links eine Flanke bildeten. So aufgeteilt, bewegten sie sich nun behutsam und möglichst lautlos Felsvorsprung um Felsvorsprung nach unten. Die Mitte blieb frei. Sie wussten, dass sie im Schussfeld des Maschinengewehrs waren, und wurden entsprechend gewarnt, dass sie sich, sobald sie von oben den Ruf ‚mitrailleuse‘ hörten, sofort in Deckung zu begeben hatten, damit sie nicht vom eigenen Feuer getötet würden.

Mauro war Teil der rechten Flanke. Das Herz klopfte ihm bis zum Hals. Der Feind war unsichtbar. Jederzeit konnte er völlig überraschend einer dieser Gestalten gegenüberstehen. Die Bilder, die er sich anhand der Beschreibung in seinem Buch von der Schlacht von Austerlitz gemacht hatte, gingen ihm durch den Kopf. Dort wurde beschrieben, dass die Soldaten mit Freude und Enthusiasmus, erfüllt von Glücksgefühlen und Euphorie aufeinander losmarschierten, um dann einige Sekunden später tot am Boden zu liegen. Nun war er selbst Teil eines Gefechts. Er wusste nicht, wo der Feind war, mit wem er es zu tun hatte und wie er kämpfen musste. Den zitternden Finger hatte er am Abzug seiner MAT-49, während er versuchte, in geduckter Haltung jedes Geräusch zu vermeiden, das seine Stiefel auf dem abschüssigen Boden verursachten. Die Barette hatten sie inzwischen alle abgenommen, damit das goldene Abzeichen der Legion das Sonnenlicht nicht reflektierte. Da hörte er plötzlich ein Geräusch vor sich. Im nächsten Moment sah er eine Gestalt, die sich zu ihm umdrehte. Es war ein ganz junger Kerl mit krausen schwarzen Haaren, die unter einer Mütze hervorschauten. Er steckte in einer lächerlich großen Kutte und hatte einen alten Karabiner in den Händen. Für den Bruchteil einer Sekunde sahen sie sich in die Augen. Sein Blick war unendlich traurig. Der Junge machte eine Bewegung als wolle er sich ducken. In dem Augenblick feuerte Mauro eine Salve auf ihn ab. Es war ihm, als ob nicht er, sondern ein anderer den Abzug bediente.

Er sah, wie sich auf der Kutte des Jungen kleine Krater bildeten, aus denen das Blut hervorschoss. Sein Körper verdrehte sich und wurde nach hinten geworfen. Er gab einen heiseren Schrei von sich. Dann lag er ganz still und rührte sich nicht mehr. Mauro versagten die Knie. Er fiel auf seinen Hintern und begann, am ganzen Leib zu zittern.

Von überall her gab es jetzt Feuer und Gegenfeuer. Das Gefecht war entbrannt. Die überraschten Kämpfer der Befreiungsfront formierten sich und versuchten, den Angriff abzuwehren. Mauro erwachte durch den Lärm aus seiner Starre. Die Panik kehrte zurück. Er beobachtete, was um ihn herum geschah, und sah, wie sich die *fellaghas'* zusammenzogen und sich geduckt in die Richtung bewegten, in der er versteckt lag. Er sah neun Kämpfer. Mauro schlich vorsichtig seitlich weg und versuchte, unterhalb ihrer Linie eine gesicherte Position zu finden. Von oben wurden sie unter Beschuss genommen. Das Maschinengewehr wurde neu positioniert und feuerte in die Richtung, in der die Aufständischen vermutet wurden. Die Kugeln prallten von den Felsen ab. Ein Querschläger pfiff Mauro um die Ohren. Er duckte sich ganz tief hinter einen Felsvorsprung, um dem Feuer der eigenen Leute zu entgehen. Da hörte er ein Klicken hinter sich. Als er sich umdrehte, sah er einen auf ihn gerichteten Revolver. Er lag in der Hand eines dunkelhäutigen Mannes mit Bart. Ein schwarzes Augenpaar durchbohrte ihn. Als der Kämpfer den Abzug betätigte, löste sich der Schuss nicht. Im nächsten Moment wurde er zur Seite gerissen. Eine Kugel hatte seinen Schädel durchschlagen. Mauro geriet in einen Zustand, in dem er glaubte, ein anderer habe die Führung in ihm übernommen. Die feindlichen Kämpfer versuchten, sich weiter seitlich und nach oben zu bewegen. Sie stiegen ganz in der Nähe von Mauros Versteck lautlos wie Raubkatzen hoch, ohne dass sie ihn bemerkt hatten. Noch immer wurde von oben geschossen, noch immer kam von unten die Antwort. Als Mauro vorsichtig seinen Kopf hob, sah er etwa zehn Meter oberhalb eine Gruppe Aufständischer, die zusammengekauert mit nach oben gerichteten Gewehren in Stellung saß. Je gefährlicher die Lage wurde, desto stärker breitete sich eine Empfindung in ihm aus, die sich wie Euphorie anfühlte. Er sah keinen Weg, den Anschluss an seine Leute wiederzufinden. Vielleicht waren noch mehr Feinde im Gelände versteckt, die zu ihren Leuten aufschließen würden. Die Todesangst, die ihn vorher noch gelähmt und ihm beinahe den Verstand geraubt hatte, war jetzt in eine Art Todesmut übergegangen und steigerte sich zu einer wahnhaften Freude, deren Herr er nicht mehr war. Ohne nachzudenken, zog er die beiden Handgranaten aus seinem Gürtel, entsicherte sie und warf sie in die Richtung der Gruppe über ihm. Die beiden kurz aufeinanderfolgenden Detonationen waren gewaltig. Schreie waren zu hören. Dann herrschte Stille. Auf einmal hörte man Stimmen.

„Halte au feu!", wurde gerufen. Zwei Gestalten mit erhobenen Händen traten aus der Deckung und ergaben sich.

Die Legionäre, die von oben herunterkletterten, gingen mit den Maschinenpistolen im Anschlag auf die beiden zu. Die *fellaghas* wurden gefesselt und nach oben gedrängt. Das Gefecht war vorbei. Mauro wagte sich nun ganz aus seiner Deckung heraus und rief seinen Kameraden zu: „Nicht schießen! Luca, ich bin's, nicht schießen!"

„Lass hören! Ein Lied von uns!", hieß es von oben. Es war die Stimme seines Caporals.

Mauro begann das Lied der Blutwurst zu singen. Er johlte es in die Richtung, in der er seine Leute vermutete. Gelächter von oben war die Antwort; Gelächter der Erleichterung, denn sie erkannten ihren Kameraden, der sich nun vorsichtig hinauf und auf sie zubewegte.

Mauro hatte in der misslichen Lage, in die er geraten war, blind das Richtige getan und das Gefecht zu Gunsten der Legion entschieden. Das Peloton versammelte sich auf dem Felsplateau. Über Funk wurde der Ausgang der Operation an die Kommandozentrale weitergeleitet. Man verfügte, dass zwei Sikorsky-Hubschrauber noch am selben Abend kommen und sie abholen würden.

Das Peloton zog sich vom Felsplateau zurück. Zwei Kameraden waren tot. Ihre Leichen wurden zu dem Platz getragen, an dem die Helikopter landen würden. Den beiden Gefangenen wurden schwarze Hauben über die Köpfe gezogen. Man stieß sie vor sich her und drückte sie gewaltsam zu Boden. Mauro legte sich etwas abseits auf die staubige Erde. Sein Kopf war leer. Was war geschehen? Was für

148

ein Mensch war er geworden? Er wusste keine Antwort. Er trank den Wein, den er bei sich hatte. Die Spannung löste sich und er verfiel in einen Zustand, in dem er seine Umgebung nicht mehr wahrnahm. Die Augen dieses zerlumpten Jungen, den er getötet hatte, und in deren Blick eine Mischung aus Frechheit und Traurigkeit lag, als wollten sie sagen: „Erschieß mich doch, du wirst der Nächste sein", das Klicken des Revolvers mit der Ladehemmung hinter ihm, der Kopfschuss, der ihm sein Leben rettete, sie kehrten wie entfernte Bilder aus einer andern Welt zu ihm zurück. Sie vermischten sich mit dem wutverzerrten Gesichtsausdruck des Kerls in Nürnberg, der mit dem Messer auf John losgegangen war, und wechselte zu seinem Vater, als er ihn im Beisein der Mutter am Tisch mit so vernichtendem Hass angeschrien hatte. Der Wein, den er getrunken hatte, entfaltete seine Wirkung. Der Generalvikar tauchte auf. Stieg er vom Himmel herab, der sich wolkenlos vor ihm auftat? Er legte ihm seine weiche, warme Hand auf die Schulter, berührte ihn am Nacken. Oder war es der Instruktor? „Weißt du was, mein Junge, ich werde dir vergeben. Du hast getötet, ja, aber ich vergebe dir." Wie viele Vaterunser wären wohl jetzt der Preis dafür? Trente-sept zéro-neuf quatre-vingt-dix-sept ...

Endlich waren die Rotoren der Hubschrauber zu hören. Sie landeten in der Nähe. Zwei Legionäre, die zur Bergung abkommandiert worden waren, rissen die Schiebetüren auf. Das gesamte Peloton wurde in die eine Maschine beordert, die zwei Getöteten und die Gefangenen in die andere verfrachtet. Während des Flugs zurück zur Basis blieben die Türen offen. Das Maschinengewehr wurde in Position gebracht. Es war nicht auszuschließen, dass man aus Vergeltung von den *fellaghas* beschossen würde.

Der Flug verlief ohne Zwischenfall. Als sie auf der Basis ankamen und aus der Maschine kletterten, sahen sie, wie die Leichen ihrer beiden Kameraden aus dem andern, etwas abseits gelandeten Hubschrauber herausgetragen und in Leichensäcke gepackt wurden. Die Gefangenen fehlten.

„Wo sind die Gefangenen?", fragte Mauro, dem ihr Fehlen sofort aufgefallen war.

„Die wurden entsorgt", entgegnete der Caporal mit spöttischem Lächeln.

Was darunter zu verstehen war, wurde jedem sofort klar. Sie waren aus dem Hubschrauber geworfen worden. Wenn unter den aufständischen Kämpfern Gefangene gemacht wurden, dann nur zum Zweck, sie einer Spezialbefragung unter Anwendung der Gégène zu unterziehen. Die Gégène war ein von Hand betriebener Gleichstromgenerator, dessen Elektroden am Ohrläppchen, an der Zunge und an den Genitalien befestigt wurden. Die Stromstöße verursachten einen unerträglichen Schmerz, unter dem die meisten der so Behandelten zusammenbrachen und redeten. Je nach Wert der so gewonnenen Informationen über den Feind und seine Aktivitäten und Verstecke wurde den Befragten angeboten, als Harkis, als umgedrehte Kämpfer, auf der Seite der Franzosen gegen ihre eigenen Landsleute weiterzumachen oder sie wurden nach dem Verhör erschossen. Bei den beiden jungen Kerlen, die im Gefecht gefangen genommen worden waren, musste es sich um minderwertige Ware gehandelt haben, so dass man sich ihrer quasi en passant entledigt hatte.

„Am besten, du machst dir keine weiteren Gedanken. Vergesst nicht, wir sind im Krieg. Die Gegner gehen mit unseren Leuten noch viel grausamer um. Wegtreten."

Mauro machte sich Gedanken. Wie war es möglich,

dass er einer Truppe angehörte, die derartige Gräueltaten verübte, die gegen jedes Kriegsrecht verstießen? Es blieb nicht viel Zeit, sich diesen Überlegungen weiter hinzugeben, denn kurz nach der Ankunft in Mascara wurden die zwei gefallenen Legionäre mit einer Zeremonie geehrt. Die Leichen wurden in ihren Säcken in die bereits vorbereiteten Särge gelegt und im Hof vor dem Fahnenmast aufgebahrt. In der Zwischenzeit hatten sich alle Legionäre, die in der Kaserne anwesend waren, in Schale zu werfen und auf dem Platz anzutreten. Ein Trompeter und ein Tambour standen am oberen Ende und begannen, einen langsamen Trauermarsch zu spielen. Es war gespenstisch still im Hof. Nur die Trommel war zu hören, die langsam begann und in einen lange anhaltenden Wirbel überging, als die Trompete mit tiefen, bedächtigen Mollabfolgen einsetzte. Es folgte die Melodie des Liedes ‚*La Légion marche vers le front*‘, in das die zweihundert Legionäre einfielen, die sich in Paradeuniform in Reih und Glied links und rechts neben den Särgen aufgestellt hatten. Am Fußende standen die Vorgesetzten und salutierten. Die Särge waren mit grünroten Fahnen bedeckt, auf denen die Képis blancs der Gefallenen lagen. Ein Leutnant hielt eine kurze Ansprache, in der er den tapferen Einsatz des Pelotons und insbesondere der Gefallenen hervorhob. Danach wurden die Särge weggetragen und der Befehl zum Wegtreten erteilt. Die ganze Veranstaltung hatte trotz des feierlichen Rahmens etwas Selbstverständliches, Geschäftsmäßiges gehabt. Das Sterben im Gefecht gehörte zur Normalität im Leben eines Legionärs, so wie das Essen und der Schlaf, das Putzen der Schuhe und das laute Brüllen als Antwort auf einen Befehl. Man ging unverzüglich zur Tagesordnung über. Dem Peloton, das im Einsatz gewesen war, wurde ein Tag zur freien Verfügung eingeräumt. Nach dem Mittagessen war Zeit, seine persönlichen Gegenstände in Ordnung zu bringen, die Waffe zu reinigen und den verlorenen Schlaf nachzuholen.

Als Mauro alle anstehenden Dinge erledigt hatte, warf er sich auf seine Pritsche und widmete sich seinem Buch. Fürst Andrej hatte sich nach der Schlacht bei Austerlitz, in der er schwer verwundet und von Napoleon auf wundersame Weise gerettet worden war, aus dem Kriegsgeschäft zurückgezogen und begonnen, sich seinen Gütern und der Reformation der Landwirtschaft in seinem kleinen Bereich zu widmen. Und er traf auf dem Gutshof der Rostows auf Natascha, die er schon als Kind gekannt hatte und nun als erwachsene Frau wiedersah. Er verliebte sich in sie. Tief beeindruckt und bewegt von ihrer Natürlichkeit, der Weise, wie sie dem Leben ohne konventionellen Zwang gegenübertrat, ihrem Selbstbewusstsein, ihrer Freude am Gesang und Tanz und ihrer offenen und ungezwungenen Art, sich auszudrücken, beschloss er, sie zu heiraten. Andrej und Natascha. Mauro und Aurelia.

Ich muss hier weg. Das ist der falsche Ort für mich.

Das Buch fiel ihm auf die Brust. Er starrte zur Decke. Auf die Tatsache, dass er sich während des Gefechts großer Gefahr ausgesetzt hatte, wurde von Seiten der Vorgesetzten nicht weiter eingegangen. Sein Alleingang von der Flanke abwärts blieb unerwähnt, denn er hatte nur sich selbst gefährdet, nicht die andern, die noch oben in der Deckung gelauert hatten. Mit seinem kühnen Wurf der beiden Handgranaten hatte er den Kampf zwar zu ihren Gunsten entschieden. Aber was hätte es für Folgen gehabt, wenn von weiter unten weitere feindliche Kämpfer nach oben vorgestoßen wären? Wenn der Schuss im

Revolver losgegangen wäre? Dann läge er jetzt vielleicht als weiterer unvermeidlicher Verlust in einem Sarg neben seinen beiden Kameraden.

Mehr und mehr offenbarten sich Mauro die Methoden, nach denen hier vorgegangen wurde. Der Einzelne galt nichts. Das Ganze war alles. Welches Ganze?, fragte sich Mauro. Wie war es möglich, dass er ohne zu zögern tötete? Was war das für ein Gefühl, das sich so urplötzlich seiner bemächtigte, als er in höchster Lebensgefahr war, und das er wie eine wütende Freude in sich wahrnahm? War es nicht genau das, was im Buch beschrieben wurde, als Fürst Andrej durch den Nebel in die Schlacht schritt, wissend, dass hinter dem Nebel und verborgen vor seinen Augen tausend geladene Bajonette auf ihn gerichtet sein könnten? Immer hatte er bisher den Krieg, das Töten, den Kampf um Leben und Tod verabscheut, hatte seinen Vater deshalb verachtet. Und nun? Nun stand er vor sich selbst und war sich fremd geworden. Schlimmer noch: er fühlte einen Stolz in sich, auf das, was er geleistet hatte. Er hatte Mut bewiesen, hatte sich bewährt. Er war zu einem wichtigen Teil eines großen Körpers geworden. Den kleinen unscheinbaren Mauro hatte er verloren und sich in Luca Negri neu gefunden.

20.

Dem Peloton wurde am Abend Ausgang gewährt. Jedem von ihnen wurde eine Liste der Bordelle, die die Legionäre besuchen durften, in die Hand gedrückt. Bei Missachtung der Liste drohten harte Strafen. Auch das war Taktik der Legion: Die Belohnung nach einem aufreibenden Einsatz, damit das Vergessen leichter fiel, aber bitte ohne, dass man sich eine Krankheit holte, die den weiteren Einsatz gefährdete. Die Damen, die in den auf der Liste aufgeführten Etablissements arbeiteten, wurden in regelmäßigen Abständen von französischen Ärzten kontrolliert und als Teil der Truppe gesehen.

„Vorwärts geht's immer, rückwärts nimmer", sagte ein Kamerad aus Deutschland, der sich zu Mauro gesellt hatte, während sie die Straße entlang zur Innenstadt gingen. Mauro, dessen Deutsch ausreichte, um die Bemerkung zu verstehen, war versucht, sich diese Haltung zu eigen zu machen. Nicht so viel nachdenken, Leinen durchschneiden, wenn sie drohen, dich zu fesseln.

An körperliche Liebe hatte Mauro seit langem nicht mehr gedacht. Seine Nächte waren frei von Sehnsucht nach dem andern Geschlecht. Vielleicht war das eine oder andere Mal das Bild von Silke-Gabriella-Aurelia durch seine Träume gehuscht, doch die tägliche Erschöpfung war zu groß, als dass er sich näher damit hätte befassen können. Sein Körper hatte ihn diesbezüglich bisher in Ruhe gelassen. Erst als die Rede davon war, sich mit einem dieser professionellen Mädchen zu vergnügen, meldete sich sein Trieb zurück. Er war noch nie bei einer Prostituierten gewesen. Die Versuchung war zwar da, aber er konnte sich nicht vorstellen, wie das gehen sollte. Bezahlen und hopp ins Bett, ohne dass man sich kannte? Unentschlossen trottete er neben seinen Kameraden her und begab sich zuerst in die Bar des Etablissements. Dort wollte er sich klar darüber werden, wonach ihm war. Der Deutsche setzte sich neben ihn.

„Ihr habt gut gekämpft", versuchte er es auf Französisch.
„Wir können deutsch reden."
„Ah, gut."

Aus den Lautsprechern der Bar sang Johnny Hallyday:
,... *de t'aimer follement mon amour, de t'aimer follement nuits et jour* ...'Hinter dem Tresen stand eine dralle Blondine mit roten Lippen, die den beiden Legionären zuzwinkerte und ihnen ein kühles Bier auf die Aluminiumablage stellte. „Das erste geht aufs Haus."

„Merci, ma belle", versuchte es der Deutsche in gebrochenem Französisch.

„Zwei sind getötet worden."

„Daran musst du dich gewöhnen. Sonst hast du hier nichts verloren."

„Ist wohl so."

„Schau dich um, überall schöne Mädchen, kühles Bier, erst noch umsonst, was will man mehr?"

„Ja." Mauro ließ den Blick durch den Raum schweifen. In der Bar waren noch andere Legionäre. Und an den kleinen, runden Tischen saßen europäisch gekleidete Paare oder einzelne Männer, die Strohhüte trugen und ihre Zeitungen lasen. Im hinteren Teil der Bar saßen einige Damen, die den Herren zur Verfügung standen. Sie saßen in Zweiergruppen an kleinen Tischen und nippten an ihren milchig-trüben Getränken. Das Bild brachte Mauro das American Casino in Nürnberg zurück, als er sich mit John einem der Tische genähert und Silke zum Tanz aufgefordert hatte. Durch die Glasscheibe, in die in altertümlicher Schnörkelschrift der Name des Lokals eingeätzt war, sah man das Treiben auf der Straße. Kaum etwas erinnerte daran, dass das hier Afrika war. Die Franzosen lebten in ihren Vierteln, abgetrennt von der Welt um sie herum. Es fühlte sich an, als wäre man in einer Stadt in Südfrankreich.

„Wie heißt du?", fragte der Deutsche.

„Maur..." Mauro schluckte, begann nochmal von vorne:

„Luca. Luca Negri. Und du?“

„Paul. Paul Stark.“

„Echt?“

„Nö.“

„Ich auch nicht.“

„Woher? Italien?“

„Ja. Aber zuletzt war ich in Nürnberg. Deshalb versteh ich Deutsch.“

„Gut“, nickte ihm der Deutsche anerkennend zu.

„Wie lange bist du schon dabei?“

„Vier Jahre. Noch eines, dann hab ich es hinter mir.“

„Nie daran gedacht, wegzugehen?“

„Gedacht schon. Aber ich habe zu viele gesehen, die sie wieder eingesammelt haben und denen es dreckig ging danach. Sehr dreckig.“

Mauro steckte sich eine Zigarette an.

„Ich mach noch dieses Jahr. Dann ist's gut. Wenn ich noch lebe bis dahin.“ Damit stand er auf und legte einen Geldschein auf den Tresen.

„Pourboire“, sagte er scherzend zur Kellnerin.

„Très généreux, mon chérie.“

„So, ich geh mal nach oben. Mal sehen, ob Aurore Zeit für mich hat.“ Er tippte zum Abschied mit zwei Fingern an seine Mütze und ging zur Tür, die in die oberen Etagen zu den Räumen der Damen führte.

Mauro, der zurückblieb, schnappte sich eine Ausgabe der Libération. Er blätterte sie durch und stieß auf einen Artikel, in dem davon die Rede war, dass französische Intellektuelle in Paris auf die Straße gegangen waren und öffentlich gegen die Folterungen demonstriert hatten, die in Algerien von der Fremdenlegion verübt worden waren. Mauro verstand nicht alles, was in dem Artikel stand. Die

Ahnung genügte. Die Zweifel kamen zurück. Er sah die offene Tür des Hubschraubers, die zwei Gefangenen mit ihren schwarzen Kapuzen über den Köpfen …

„Aber, aber, mein Kleiner, gehst du nicht nach oben? Da drüben sitzen ein paar sehr hübsche Mädchen, die nur darauf warten, dich zu verwöhnen. Ich glaube, du hast es nötig, dass man ein wenig lieb zu dir ist", säuselte die Bardame, während sie mit ihren rot lackierten Fingernägeln Mauros Arm sanft kraulte.

„Ich habe ein Problem."

„Was für ein Problem hat denn mein Kleiner? Du darfst mir alles sagen. Ich bin sicher, wir finden eine Lösung."

„Das Problem ist die Legion."

„In welchem Sinn? Heimweh?"

„Vielleicht."

„Ah! Das ist bekannt. Du gehst am besten zu Josianne. Zimmer dreizehn. Sie kann dir helfen."

Mauro schaute die Kellnerin an.

„Nur Mut, mein Kleiner, ich bin sicher, du findest bei ihr, was du suchst."

Wie sollte ihm eine Prostituierte helfen können?, fragte sich Mauro, als er die Treppe hochstieg. Oben angekommen klopfte er an die Tür mit der Nummer dreizehn. Sie wurde geöffnet. Eine ältere Dame im Negligé stand in der Tür. Sie ließ ihn eintreten. Der Raum war eng. Unter dem Fenster stand ein Bett, daneben ein Stuhl und an der linken Wand befand sich ein Waschbecken mit einem Spiegel.

„Zuerst waschen, mein Liebling."

„Ich will … nicht das."

„Ah! Du willst nicht ficken? Aber was willst du denn?"

Mauro stand verlegen im Raum. „Reden."

„Reden? Ah so! Ich verstehe. Setz dich."

Sie öffnete das Fenster, indem sie sich von Mauro abwandte, sich auf das Bett kniete und ihm ihren imposanten Hintern entgegenstreckte.

„Armand", rief sie in den Hof hinunter, „Kundschaft!"

Da schien etwas schiefzulaufen. Einen Mann wollte Mauro schon gar nicht. Er hielt das Ganze für ein großes Missverständnis und war im Begriff, das Zimmer wieder zu verlassen, als es an der Tür klopfte und ein Mann in Uniform eintrat. Mauro stand erschrocken auf. Er glaubte, in eine Falle getappt zu sein und wollte fliehen. Der Mann blieb in der Tür stehen und machte eine beschwichtigende Geste.

„Keine Angst, junger Mann." Er trat auf Mauro zu und hielt ihm lächelnd seine Hand entgegen. „Welche Sprache sprechen Sie?"

„Italienisch."

„Gut", sagte er auf Italienisch mit leichtem Akzent, „dann sprechen wir in Ihrer Sprache. Setzen Sie sich bitte."

Mauro tat, wie ihm gesagt wurde.

„Diese Uniform ist nur zur Tarnung. Ich bin weder Polizist noch Angehöriger der Armee. Gehe ich richtig in der Annahme, dass Sie sich überlegen, von der Fremdenlegion wegzukommen?"

Mauro schwieg.

„Sie dürfen mir vertrauen."

„Ja."

„Sehen Sie, da sind Sie bei uns richtig. Ich arbeite für ein Büro, das international vernetzt ist und Soldaten hilft, von der Legion loszukommen. Wir organisieren die Flucht nach Marokko, wo wir den Kontakt zu Ihrem Konsulat herstellen, damit Sie Ihre Papiere und Ihre Identität zurückbekommen. Wir arbeiten mit der Caritas zusammen und sorgen dafür, dass Sie entweder nach Italien oder in das Land Ihrer Wahl zurückkehren und Ihr normales Leben als Zivilist wieder aufnehmen können. Mein Name ist Armando Puentes, ich bin Spanier. Wie Sie vielleicht wissen, hat Spanien zwei Enklaven in Afrika, Ceuta und Melilla. Wir arbeiten von Melilla aus.“

„Wie kann ich wissen, ob das stimmt, was Sie mir erzählen?“

„Wissen können Sie das nicht. Verlassen Sie sich auf Ihr Gefühl. Schauen Sie mich an und entscheiden Sie, ob Sie mir vertrauen wollen oder nicht. Wenn nicht, steht es Ihnen frei, zu gehen.“ Mit einer einladenden Geste gab er den Weg frei.

„Also gut.“

„Das Einzige, was wir von Ihnen brauchen ist Ihr Name, den richtigen Namen und den falschen, Ihr Geburtsdatum und Ihre Matrikelnummer.“

„Luca Negri, eigentlich Mauro Garello, geboren am 22.8.1942, 370997.“

Der Mann, der sich Armando Puentes nannte, schrieb alles in ein kleines Heft. „Gut“, sagte er, während er es zuklappte und in seine Brusttasche steckte. „Überlegen Sie es sich noch einmal gut, wir wissen jetzt von Ihnen. Wenn Sie bereit sind, lassen Sie es uns wissen. Sie müssen über dieses Treffen absolutes Stillschweigen bewahren. Wir operieren im Geheimen und gegen die französische Armee. Sie wissen, dass es uns gibt und versuchen immer wieder, unsere Hilfsaktionen zu unterbinden. Aber Sie, Sie sind in Gefahr, wenn die Legion von Ihrem Ansinnen, zu desertieren, erfährt. Sie können Natalie, der Bardame, eine Notiz zukommen lassen. Sie ist eine von uns. Genauso wie Josianne hier. Wir werden alles weitere dann in die Wege leiten. Hat mich gefreut, Signore Garello. Und noch etwas: Dieses Gespräch verpflichtet Sie zu nichts. Wenn Sie sich anders entscheiden, hat es nie stattgefunden." Damit verließ er das Zimmer.

Mauro saß noch immer auf dem Stuhl und schaute zu Josianne, die die ganze Zeit auf dem Rand ihres Bettes gesessen hatte und ihm jetzt freundlich lächelnd zunickte. Mauro erhob sich. Sie trat auf ihn zu und drückte ihm einen fetten Lippenstiftkuss auf die Wange. „Damit kein Verdacht geschöpft werden kann, dass in diesem Zimmer etwas anderes als ein sinnliches Vergnügen stattgefunden hat." Wieder lächelte sie. „Bonne chance, mon chérie."

Mauro konnte sich nicht dazu durchringen, mit der Organisation von Señor Puentes Kontakt aufzunehmen. Er war sich nicht sicher, ob er ihnen wirklich vertrauen konnte. Am Ende waren das Agenten des Deuxième Bureau, die mit der Kommandantur der Legion in Verbindung standen. Die wussten ohnehin alles über ihn. Dazu die drakonischen Strafen, von denen der Deutsche gesprochen hatte. Strafkolonie. Versetzung in den Süden. In die Wüste. Und er wusste nicht, wohin er gehen sollte, wenn es ihm tatsächlich gelänge, von hier wegzukommen. Er fühlte sich nirgendwo mehr zuhause. Er hatte alle Brücken abgebrochen, indem er sich für die fünf Jahre in der Legion verpflichtet hatte. Die fünf Jahre durchhalten und das Beste daraus machen. Vielleicht gab es die Möglichkeit, dass er in eine andere Abteilung kam. Fuhrpark instand halten. Die Jeeps reparieren. Darauf hätte er Lust. Damit wäre zu erreichen, nicht allzu oft an Kampfeinsätzen teilnehmen zu müssen. Bei nächster Gelegenheit wollte er sich beim Vorgesetzten melden und darum ersuchen, in die Werkstatt aufgenommen zu werden.

An den Sonntagen gab es für die Legionäre in Mascara immer ein Essen, das reichhaltiger und schmackhafter war als an gewöhnlichen Tagen. Das Menü bestand aus Vorspeise, Hauptgang und Nachtisch. Dazu gab es Wein der besseren Qualität und Kaffee mit Cognac. So war es auch an dem Sonntag, der auf den Einsatz folgte. Die Offiziere, die Unteroffiziere und die Soldaten aßen im selben Speisesaal. An diesem Sonntag traten der Colonel und ein Leutnant vor die versammelten Legionäre. Der Colonel hielt eine kurze Ansprache, in der er auf das Gefecht, an dem Mauro und seine Leute teilgenommen hatten, einging. Dank dem mutigen Einsatz des Pelotons sei es gelungen, die Straße für die regulären Truppen wieder passierbar zu machen. Dann wurde Mauro aufgerufen. Er erhob sich und ging nach vorne. Daraufhin erhob sich der ganze Saal und stand stramm.

„Negri Luca, matricule trente-sept zéro-neuf quatre-vingt-dix-sept", brüllte Mauro in Habachtstellung und salutierte dann. Der Leutnant reichte dem Colonel ein Abzeichen, das dieser Mauro an die Brust heftete.

„Für einen besonderen Verdienst im Kampf."

Eine heiße Welle des Stolzes durchlief seinen Körper. Er hatte einen Kloß im Hals. Konzentriert blickte er dem Colonel auf den Schnurrbart. Fast war es, als wollten ihm die Tränen kommen. Dann salutierte er zum zweiten Mal und verließ das Podium. Auf seinem Gang zurück zu seinem Platz klopften ihm einige seiner Kameraden auf die Schulter. Darunter auch Franco, der Italiener, und Vlado, der Jugoslawe.

Der Colonel wünschte allen guten Appetit und gab das Zeichen, mit dem Auftragen der Speisen zu beginnen. Die Stimmung im Saal wurde ausgelassen, an Alkohol wurde nicht gespart.

Am nächsten Tag wurde Mauro ins Büro des Vorgesetzten gerufen. Er stand vor dem Leutnant und wurde nach der gewohnten Begrüßung angewiesen, Platz zu nehmen. Mauro hatte keine Ahnung, worum es ging. Der Leutnant schaute ihn lange an. Endlich sagte er: „Nun, ich hoffe, Sie hatten ihren Spaß bei Josianne." Er ließ Mauro nicht aus den Augen und fuhr fort: „Seien Sie vorsichtig. Wir hören immer wieder, dass diese Dame mit einer Organisation in Verbindung steht, die versucht, unsere Leute abzuwerben. Das wird für Sie nicht gut ausgehen, sollten Sie versucht sein, sich mit denen einzulassen. Ich habe Sie gewarnt."

„Oui, mon lieutenant."

„Machen Sie keine Dummheiten und stehen Sie das durch. Sie sind auf keinem schlechten Weg."

„Merci, mon lieutenant."

„Übrigens, was Sie noch interessieren dürfte: Sie sind nicht Vater geworden. Die Dame hat sich mit einem andern verlobt und wird demnächst heiraten."

„Oui, mon lieutenant." Es entstand eine Pause, in der der Leutnant genau beobachtete, was in seinem Gegenüber vorging. Mauro war bemüht, sich nichts anmerken zu lassen. Eine diskrete Rötung am Hals konnte er jedoch nicht verhindern.

„Fragen?"

„Oui, mon lieutenant."

„Bitte."

„Ich möchte zu den Jeeps."

„Als Fahrer."

„Als Fahrer und Mechaniker, mon lieutenant."

„Ich werde sehen, was sich da machen lässt. Wegtreten."

Mauro sprang auf und grüßte strammstehend, bevor er sich aus dem Büro entfernte.

Er schwankte, als er über den Hof zurück zu seinem Quartier ging. Silke hat einen andern und sie wird heiraten. Bin ich froh oder macht es mir etwas aus, nicht Vater zu werden?

Er sah sie vor sich, wie sie in einem schönen Brautkleid zum Altar geführt wurde und mit ihren blauen Kinderaugen zu ihrem Mann hochschaute. Das zweite, das der Leutnant gesagt hatte, beunruhigte ihn sehr. Sie wussten von der Begegnung mit Señor Puentes. Ich bin im Netz. Da komme ich nicht mehr raus. Unmöglich. Die sind viel zu mächtig. Nur wenn ich tue, was sie sagen, habe ich vielleicht eine Chance. Falls mich nicht eine Kugel von diesen *fellaghas* erwischt. Vorwärts geht's immer, rückwärts nimmer.

Er ärgerte sich über diesen dummen Spruch, der in seiner Banalität seine Situation exakt beschrieb.

Am Nachmittag fand das Judotraining statt. Nebst dem Französischunterricht und dem Gesangstraining, Kurse, die hier in Mascara fortgesetzt wurden, war Judo ein Bestandteil der körperlichen Ertüchtigung und von den meisten, auch von Mauro, sehr begehrt, weil es spielerisch war. Die Halle, in der trainiert wurde, war mit dreißig jungen Männern besetzt. Sie standen in Zweiergruppen am Rande der Matten und folgten den Bewegungsabläufen, die der Instruktor – derselbe, der auch den Fallschirmunterricht gab – vorzeigte. Die Paare wurden auf die Matten beordert. Zunächst in Zeitlupe, später in normalem Tempo wurden die Wurftechniken geübt. Mauro fiel es leicht. Es war für ihn wie bei den Nahkampfübungen. Den Wurf über die Schulter, das Stellen des Beines oder die blitzschnelle Drehung aus der Hüfte heraus, um sich aus der

Umklammerung des Gegners zu lösen und in den Angriff überzugehen, beherrschte er sehr schnell. Es war wie ein Tanz, der damit endete, dass einer der beiden auf dem Rücken landete und sich aus einer Umklammerung nicht mehr lösen konnte. Mauro gewann die meisten Kämpfe. Er fiel dem Instruktor auf. Einige Male ging er auf ihn und seinen Gegner zu und griff in den Kampf ein, um dem Unterlegenen zu zeigen, wie er die Angriffe von Mauro abzuwehren hatte. Dabei schien es Mauro, als würde er von ihm gelegentlich in einer Weise berührt, die nichts mehr mit dem Kampf zu tun hatte. Sobald er die Hand des Instruktors spürte, die vom Gürtel zu seiner Pobacke verrutschte, schüttelte er sie mit einer blitzartigen Drehung ab.

Nach dem Training verschwanden die Jungs in der Dusche. Die Sporthalle verfügte über einen Duschraum mit zehn Plätzen, die durch Plastikvorhänge voneinander getrennt waren. Als Mauro herunterkam, waren alle Plätze bereits besetzt. Er musste warten und sich in die Reihe stellen, denn vor ihm warteten bereits einige. Das machte ihm nichts aus. Er mochte es, als einer der letzten zu duschen. Dann war er ungestört und musste sich nicht beeilen. Wenn es etwas gab, was Mauro in diesem heißen und staubigen Land lieben gelernt hatte, dann waren es diese Momente unter der Dusche. Was für eine Wohltat, wenn das kühlende und reine Wasser über seinen Körper rieselte. Minutenlang konnte er sich mit geschlossenen Augen unter die Brause stellen und die Welt vergessen.

So tat er es auch heute. Als das Gejohle der Kameraden allmählich verhallte, wusste er, bald würde er für sich sein. Nur noch vereinzelt hörte er in den Duschen neben sich Wasser laufen. Er legte seinen Kopf leicht in den

164

Nacken und stellte sich mit geschlossenen Augen ganz unter die Brause über ihm, die ihr wohltuendes Nass auf ihn regnen ließ.

Auf einmal spürte er, wie jemand sich von hinten an ihn drängte und versuchte, das Geschlechtsteil zwischen seine Pobacken zu schieben. Mauro reagierte reflexartig mit einer heftigen Drehbewegung und einem kräftigen Schlag seines Ellbogens, so dass der Angreifer nach hinten stürzte, den Duschvorhang mit sich riss und sich den Kopf an der Wand blutig schlug. Es war sein Instruktor, der Sergeant, der ihn zuvor schon beim Judo und auch während der Fallschirmübungen so unangenehm berührt hatte. Nun lag er vor ihm auf dem nassen Boden der Dusche, halb vom zerrissenen Vorhang bedeckt und aus seiner Nase blutend. Er starrte ihn von unten herauf aus seinen grünen Augen böse lächelnd an. Dann stand er auf und machte einen Schritt auf Mauro zu.

„Ich krieg dich, du Nutte. Keine Sorge, dich krieg ich.“

21.

Das von de Gaulle angekündigte Volksreferendum wurde auf Beginn des Jahres 1961 angesetzt und sorgte schon im späten Herbst und Winter des laufenden Jahres für Unruhen, die auch in kleineren Städten wie Mascara zu spüren waren. Die Polizei war überfordert. Die Armee musste eingreifen. Sie wurde von der Fremdenlegion unterstützt.

Die Legionäre, die in Mascara stationiert waren, wurden zur Unterstützung der Ordnungskräfte abkommandiert. Straßenbarrikaden mussten weggeräumt und in Brand gesteckte Autoreifen, die auf die Armeekräfte zugerollt kamen, mussten unschädlich gemacht werden. Zudem musste der wütende Mob, bestehend aus algerischen Nationalisten, die die französische Armee als die Repräsentanten der Unterdrückung betrachteten, zurückgedrängt werden. Der Legion wurde Schießbefehl erteilt. Zum Glück wurde nur in die Luft geschossen. Die alleinige Präsenz der Legion genügte, dass sich die aufgebrachte Menge zurückhielt und sich mit Parolen, mit dem Schwenken der algerischen Fahne und Spruchbändern zufriedengab. „Algérie française!" wurde von der einen, „Algérie algérienne!" von der anderen Seite skandiert und es war für die Legionäre, die im Einsatz waren, oft nicht eindeutig, welche die feindliche Seite war, denn auch von den Algerienfranzosen wurden sie angegriffen, weil sie die französische Regierung von de Gaulle als Verräter der algerischen Sache betrachteten.

Auch in der Legion selbst machte man sich Gedanken über die Folgen der Abstimmung. Was würde es für die Legion bedeuten, wenn das Referendum zugunsten der algerischen Nationalisten ausgehen und sich das Land von Frankreich abspalten würde? Würde sie dann nicht überflüssig? Diese Frage sorgte in der Kaserne von Mascara für heftige Diskussionen in den Offiziers- und Unteroffiziersmessen. Um die Truppe nicht zu verunsichern, wurde die Order ausgegeben, diese Diskussionen zu unterlassen und die Haltung zu vertreten, dass die Legion geschlossen zum offiziellen Frankreich und zu de Gaulle stand.

Die übliche Routine hatte Bestand. Tägliche Kontrollfahrten ins Umland, die Ausbildung der Legionärsanwärter, Märsche durch Risikogebiete, Fallschirmübungen mit Gefechtseinsätzen, Gesang, Sprachunterricht, Judo.

Mauro hielt sich aus solchen Diskussionen heraus. Der Leutnant war seinem Wunsch nachgekommen und hatte bewirkt, dass er seinen Dienst in der Fahrzeugabteilung fortsetzen konnte. Er wurde einem Werkstattchef zugeteilt, mit dem er sich von Anfang an gut verstand. Sein Name war Gustavo, ein rundlicher Altlegionär aus Kalabrien im Rang eines Caporals, dessen Devise es war, die Jungs da draußen ihren Job machen zu lassen und sich nicht weiter darum zu scheren. Er zeigte mit umfassender Geste auf seine Werkstatt, als er sagte: „Denn hier, in meiner Werkstatt, gilt, was ich sage, hier bin ich der Chef. Ohne uns läuft in diesem Laden gar nichts. Oder glaubst du, einer mit den Spaghetti um den Hut würde je seinen Arsch von hier wegbewegen, wenn er sich nicht in eine unserer Limousinen setzen könnte?“

Gustavo nahm Mauro vom ersten Moment an unter seine Fittiche. Er verteidigte ihn auch gegen die Witzeleien der beiden anderen altgedienten Mitarbeiter – ein Finne und ein Portugiese.

„Wir Pizzafresser müssen zusammenhalten“, sagte er mit einem breiten Lächeln.

Gustavo erkannte Mauros technisches Geschick und seine rasche Auffassungsgabe. Schon bald ließ er ihn den regulären Service an den Jeeps allein machen. Das Reinigen der Zündkerzen, Luftfilter und Vergaser, den Ölwechsel und alles Übrige beherrschte Mauro, als hätte er es ein Leben lang gemacht. Später lernte er, die Federungen zu kontrollieren, die Stoßdämpfer auszubauen, die Lenkung zu überprüfen. Die Jeeps hatten viel auszuhalten im Gelände. Die Pisten, auf denen sie patrouillierten, waren steinig und holprig und nicht jeder Fahrer ging behutsam mit seinem Gerät um.

Gustavo empfahl Mauro bei den Vorgesetzten als Fahrer. Das zahlte sich aus. Bei einer *ratissage*, dem üblichen Durchkämmen eines Gebietes, in dem Rebellen vermutet wurden, blieb einer der Jeeps liegen. Er ließ sich nicht mehr starten. Noch bevor der Funker Hilfe anfordern konnte, lief die Kiste wieder. Mauro hatte sich die Sache angeschaut und die richtige Diagnose gestellt: Dreck im Vergaser. Ausbauen, reinigen, einbauen. Der Sergeant-chef, der die Operation leitete, war zufrieden mit der schnellen Reparatur. Er war ein spröder Typ aus Polen mit starkem slavischem Akzent, der, außer Befehle zu geben, kaum ein Wort sprach und sehr auf das Einhalten der Form bedacht war. Aber als die Fahrt ohne fremde Hilfe fortgesetzt werden konnte, bot er Mauro eine seiner besseren Zigaretten an und nickte anerkennend.

Die Werkstatt war für Mauro zu einem sicheren Ort geworden. Er begann, sich wohl zu fühlen. Allmählich machte sich in ihm die Hoffnung breit, dass es vielleicht doch gelingen könnte, unbeschadet durch diesen Dschungel zu kommen.

Doch dann geschah etwas, was ihm den Boden erneut unter den Füßen wegzog. Der Sergeant, der ihn unter der Dusche vergewaltigen wollte, sagte bei einem Judotraining, das Mauro zu seinem Leidwesen weiterhin zu besuchen hatte, ein Turnier an. Es wurden vier Gruppen mit acht Leuten gebildet, innerhalb derer drei Kämpfe durchgeführt werden sollten. Sieger war, wer am meisten Kämpfe gewann. Danach hatten die vier Sieger gegeneinander anzutreten. Die Gewinner dieser beiden Kämpfe würden dann das Finale austragen.

Mauro kämpfte kraftvoll. Er wusste, dass er zu den Besten gehörte. Er war guter Stimmung und es schien ihm, dass der Vorfall, der sich vor drei Wochen in der Dusche ereignet hatte, vergessen war. Der Sergeant feuerte die Kämpfer an. Mauro erntete Anerkennung. Doch dann geschah es. Mauro stand als Gesamtsieger fest. Der Sergeant trat in die Mitte der Matte und gratulierte Mauro, indem er ihm die Hand reichte.

„Großartiger Kämpfer. Bravo. Jetzt kämpfst du gegen mich."

Das war es. Deshalb war er so gut gelaunt und nett. Das war die Rache. Mauro blieb wie angewurzelt stehen. Sein Bauch fühlte sich an, als hätte ihm jemand einen harten Schlag versetzt. Die Jungs, die um die Matte standen und nichts wussten von dem, was zwischen Mauro und dem Sergeanten vorgefallen war, unterstützten Mauro mit ermutigenden Zurufen. Er konnte sich der Aufforderung nicht entziehen, aber er ahnte, um was es hier ging. Dieses Schwein von einem Menschen wollte ihn erledigen. Hier ging es um Leben und Tod. Das spürte er, das sah er in seinem Blick. Er grinste ihn geradezu diabolisch von unten herauf an, so dass fast nur noch das Weiße der Augen zu sehen war.

Der Kampf begann. Sie verbeugten sich voreinander, traten aufeinander zu und packten sich am Kimono. Lange Zeit geschah nichts, außer dass sie lauernd von einem Fuß auf den andern traten und im Kreis gingen, als würden sie Trauben in einem Weinfass stampfen. Mauro sah ganz klar. Er schob die Angst beiseite und konzentrierte sich nur noch auf den Gegner.

Ich werde nicht angreifen, dachte er bei sich. Der Gegner hatte die Wut, die Lust zu vernichten. Sein süß-säuerlicher Schweißgeruch drang Mauro in die Nase.

Warten, bis er kommt, warten, bis er einen Fehler macht.
Ich habe Zeit, er nicht. Da kam sein erster Versuch. Er
versuchte, Mauro am Gürtel hochzuheben und ihn seitlich wegzuschleudern. Mauro erkannte die Absicht und
wand sich, noch bevor die Hände des Sergeanten richtig
zupacken konnten, in einer blitzartigen Schraubbewegung
heraus. Der Sergeant schnaubte mächtig. Seine Nüstern
blähten sich und seine Augen quollen ihm vor Wut aus den
Höhlen. Eine Ader trat auf der Stirn hervor. Mauro blieb
ruhig und beobachtete seinen Gegner. Die kleinsten seiner
Bewegungen versuchte er wahrzunehmen und zu deuten.
Wieder war er in einem Kampf Mann gegen Mann. Wieder war er in höchster Gefahr. Diesmal half ihm niemand.
Kein John, der bei ihm war. Niemand, der dem Gegner
in den Kopf schoss. Und seine Kameraden schienen den
Ernst der Lage nicht zu begreifen. Sie feuerten die beiden
Männer weiterhin mit dummem Gegröle an. Dann kam
der nächste Angriff. Eine Täuschung. Der Sergeant machte
eine Vierteldrehung und tat so, als wolle er sich zwischen
Mauros Beinen einhaken, um ihn rückwärts zu Fall zu
bringen, drehte sich dann aber weiter und versuchte einen
Schulterwurf. Mauro lauerte und erkannte den Plan. Er
trat dem Sergeanten mit seinem Fuß von hinten ins Knie
und brachte ihn zu Fall, noch ehe er zum Schulterwurf an-
setzen konnte. Der Kampf war unterbrochen und wurde
neu angesetzt, wie es die Regel war, wenn einer zu Boden
geworfen wurde. Mauro drehte dem am Boden Liegenden
den Rücken zu und wollte in die Anfangsstellung zurück-
gehen. Die umstehenden Jungs schrien belustigt auf. Das
versetzte den Sergeanten in Raserei. Blitzartig erhob er sich
vom Boden und fuhr Mauro mit dem Kopf zwischen die
Beine, hob ihn auf seine Schultern und schloss ihm die

170

Beine wie in einem Schraubstock ein. Dieser Angriff von hinten verstieß eindeutig gegen die Regeln des Kampfes. Das hieß für Mauro, dass ab jetzt mit offenem Visier gekämpft wurde. Alles war erlaubt. Schon setzte der Sergeant zu einem mächtigen Seitenschwung an, als es Mauro, der die Absicht seines Gegners erriet, gelang, die Drehbewegung des mächtigen Körpers unter ihm auszunützen und mit seinen Händen den Kopf so zu fixieren, dass er sich durch die Wucht der Drehung in die entgegengesetzte Richtung bewegte. Bevor Mauro von den Schultern stürzte, ließ die Kraft im Körper unter ihm nach. Der Sergeant knickte ein, die Umklammerung an Mauros Beinen löste sich. Er rutschte herunter und landete auf seinen Knien.

Der Sergeant lag in der Mitte der Matte und rührte sich nicht mehr. Sein Genick war gebrochen.

22.

Mauros Stern, der dabei gewesen war aufzugehen, fiel jäh ins schwarze Nichts zurück.

Es hatte immer schon zur jahrelangen Tradition der Fremdenlegion gehört, ihre Schwierigkeiten, wenn möglich, intern zu regeln. So auch im Fall von Mauro. Er war am Tod eines Vorgesetzten beteiligt. Es spielte keine große Rolle, wieviel Schuld ihn dabei traf. Die Tatsache allein, dass ein Vorgesetzter im Kampf mit einem Untergebenen zu Tode kam, genügte, um gegen ihn die härteste Strafe zu verhängen, die die Fremdenlegion kannte: die Strafkolonie. Es fanden Verhöre statt. Die Kameraden, die dem Kampf beigewohnt hatten, wurden als Zeugen befragt. Niemand wollte die Kameradensau sein und Mauro durch eine unbedachte Aussage in Gefahr bringen. Die einen sagten, sie hätten es als Wettkampf wahrgenommen, die andern meinten, im Gesichtsausdruck des Sergeanten Wut gesehen zu haben. Von keinem war zu hören, dass Mauro vorsätzlich gehandelt haben könnte. Auch Mauro wurde in die Zange genommen. Er sagte aus, dass der Sergeant ihn töten wollte.

„Warum hätte er dich töten sollen?", fragte ihn der verhörführende Colonel. Es war derselbe, der ihm das Abzeichen an die Brust geheftet hatte.

Mauro stand vor dem Tisch, an dem die vorgesetzten Offiziere saßen und misstrauisch zu ihm herüberschauten. Er zögerte, blickte zu Boden, dann sah er dem Colonel in die Augen: „Weil er zudringlich wurde; und ich ihn abgewehrt und weggestoßen habe."

Die Herren hinter dem Tisch tauschten Blicke aus.

„Halten Sie sich draußen zur Verfügung. Wegtreten!"

Mauro salutierte und verließ den Raum. Später wurde er erneut in den Raum gerufen. Es war nur noch der Leutnant anwesend. Er stand hinter dem Tisch und verkündete Mauro das Strafmaß.

„Du wirst in ein Fort an der marokkanischen Grenze strafversetzt. Sei dankbar, Negri, das Leben wird dir geschenkt, ein zweites Mal, versuche diesmal, besser darauf aufzupassen. Wenn du in sechs Monaten noch lebst, bist du rehabilitiert und kommst zurück in deine Einheit."

Das Abzeichen, das er erhalten hatte, wurde ihm wieder abgenommen.

„Wegtreten."

Der Boden unter seinen Füssen wurde weich. Alles, woran er sich bisher gehalten hatte, schwamm davon. So also wurde das gesehen. Ihm wurde die Schuld dafür gegeben, dass er von einem schwulen Unteroffizier angegriffen worden war. Dass dieser ihm nach dem Leben getrachtet hatte, zählte nicht. Denn so etwas kam nicht vor in der Legion. Er hatte sich verteidigen müssen. Sein Leben war in Gefahr gewesen, weil dieses Schwein nicht damit klargekommen war, dass man sich ihm verweigerte. Diese ekelhaften Berührungen beim Falten des Fallschirms und beim Judotraining, sie waren der Anfang dieser schlimmen Entwicklung gewesen, für die er nichts konnte. Zum wiederholten Mal ging er den Kampf im Geiste durch. Er saß auf den Schultern dieses Ungeheuers. Was war sein Plan? Es war doch der andere, der ihn fest umklammert hielt und ihn zu Boden schlagen, töten wollte. Er nutzte nur die Drehbewegung des Körpers unter ihm aus, hielt den Kopf mit aller Kraft fest und … ja, drehte ihn in die Gegenrichtung, bis es knackte. Und ja, er wollte, dass er stirbt.

Was Mauro nicht wusste, war, dass die Zudringlichkeiten des Sergeanten den Vorgesetzten längst bekannt gewesen waren. Man hatte schon lange nach einem Weg gesucht, sich seiner auf elegante Art zu entledigen. Und da kam der Fall Mauro gerade recht. Im Feld war er zwar ein hervorragender Kämpfer, eine Kampfmaschine gewesen, wie man sie selbst in der Fremdenlegion nur selten antraf. Er war für seine Einsätze mehrfach ausgezeichnet und befördert worden. Dennoch hatte es diese abstoßende Neigung gegeben, sich an junge Burschen heranzumachen, die in keiner Weise in einer Truppe toleriert werden konnte. Nun war das Problem gelöst. Durch eine glückliche Fügung. Dass Mauro so hart bestraft werden musste, lag in der Logik des Systems. Jede Form von Auflehnung oder Übergriff gegen einen Vorgesetzten, ob berechtigt oder nicht, war ein schweres Vergehen und musste mit aller Härte geahndet werden.

So tief hinabgestoßen, so ungerecht behandelt zu werden, machte Mauro von einer Minute zur andern hart. Er vergrub sich in sich selbst. Ein abgrundtiefer Hass gegen alles, was hier war, gegen das wahre Gesicht der Legion, das sich ihm jetzt in unverstellter Weise zeigte, stieg in ihm auf. Der Zauber, wenn es ihn gegeben hatte, war verflogen. Jetzt war er bei der Wahrheit angekommen. Er saß im tiefsten Verließ und sie grinste zu ihm hinab. Hab ich's dir nicht schon immer gesagt? Was immer du anfängst, geht schief. Du bist und bleibst ein Versager. Die Hoffnung, dass er hier in dieser unwirklichen Welt in irgendeiner Weise hätte Fuß fassen können, war weg. Dies hier war eine Tötungsindustrie. Der Einzelne war nicht nur nichts, die Ordnung stand als starre Unverrückbarkeit über allem Recht. Wie gerne wäre er jetzt davongelaufen, zu Josianne vielleicht oder sonst wohin, nur weg. So wie damals in Nürnberg, als ihn John von der Katastrophe weggerissen hatte. Hier aber gab es keinen Ausweg mehr.

Viel Zeit, um über die Vorfälle und seine Gefühle nachzudenken, blieb ihm nicht. Er hatte gerade noch Zeit, sich von Gustavo zu verabschieden. Der erwartete ihn unter dem Tor der Werkstatt. Er wusste, was vorgefallen war. Es bedurfte keiner Worte. Mauro spürte, dass er auf seiner Seite war. Gustavo fuhr sich mit seiner ölverschmierten Hand über die Stirn und schaute ihm ernst und traurig in die Augen.

„Lass dich nicht fertig machen. Schau für dich. Nur für dich. Sonst überlebst du das nicht." Er überreichte ihm ein Taschenmesser. „Nimm, du wirst es vielleicht brauchen."

Noch am selben Abend wurde er in Handschellen in einen Jeep verladen, der ihn zu einem Gefängnis in der Nähe von Sidi bel Abbès brachte. Dort wurde er in eine Zelle gesteckt und musste zwei Tage ausharren, bis der Transport zu seinem Bestimmungsort zusammengestellt war. Seine Ausrüstung hatte er bei sich. Auch das Buch war dabei. In der Zelle, in der er die zwei Tage durchzustehen hatte, ohne dass er sie verlassen durfte, nahm er es hervor und begann, so gut es in dem düsteren Zwielicht möglich war, zu lesen. Dabei stieß er auf die Passage, in der Napoleon mit dem Zaren vor beiden in Reih und Glied aufgestellten Heeren zusammentraf und dem tapfersten Soldaten im russischen Heer den Orden der Ehrenlegion anheftete. Nikolaj Rostow beobachtete diese Szene aus der Distanz. Auf einmal fiel ihm, der so voller Kampfesgeist gewesen war, die Absurdität des Krieges wie Schuppen von den Augen. Er dachte an seinen Freund Denissow, der schwer verwundet in einem Hospital dahinsiechte und im Wahn endete. Einem Offizier, der die Ordensverleihung unschicklich fand, schrie Rostow ins Gesicht, dass ihn das nicht zu kümmern habe, dass sie Soldaten und keine Diplomaten seien, Soldaten, die zu sterben hätten, wenn man es ihnen befehle, und wenn man sie bestrafe, dann seien sie schuldig und hätten nicht darüber zu urteilen. Soldaten hätten ihre Pflicht zu erfüllen, sich zu schlagen, und nicht weiter darüber nachzudenken.

Mauro saß auf der Steinpritsche seiner Zelle. Der Boden war feucht. Zwei Kakerlaken tummelten sich in der Ecke, wo der Eimer für die Notdurft stand. Sie führten einen Tanz auf. Krabbelten umeinander herum und aneinander hoch, indem sie sich mehrmals um die eigene Achse drehten. Verliebte. Mauro griff in seine Tasche und nahm Aurelias Band hervor, in dem er das Kreuz der Mutter eingewickelt hatte. Zum ersten Mal betrachtete er das Kreuz genauer. Ein schlichtes Kreuz aus Gold, in das die Inschrift INRI eingestanzt war. Es hing an einer feinen Kette. Jetzt, wo er es ansah, wurde ihm bewusst, dass es das Kreuz war, das er als kleiner Junge getragen hatte und das ihm später verloren gegangen war. Mutter hatte es wohl gefunden und es aufbewahrt. „Es wird dich vor dem Schlimmsten bewahren", rief sich Mauro ihre Worte in Erinnerung. Er nahm es, öffnete den Verschluss der Kette und hängte es sich um. Die Erkennungsmarke der Legion mit seiner matricule, die er trug, seitdem er Legionär geworden war, lag darüber, bedeckte es.

Die Tür wurde aufgerissen. Ein Wachposten schrie, dass er heraustreten solle. Im düsteren Gang standen weitere fünf Leute vor ihren Zellen. Handschellen wurden ihnen nicht mehr angelegt. Dann folgte das Kommando zum Abmarsch. Im Hof stand ein Dodge 6x4 bereit, um die Sträflinge aufzunehmen. Zu essen hatten sie während den beiden vergangenen Tagen nichts bekommen. Jetzt wurde ihnen vor dem Einsteigen ein Becher Wasser gereicht. Gesprochen wurde nicht. Man behandelte sie wie Schwerverbrecher, ohne Respekt, ohne Menschlichkeit. Sie waren Dreck.

„Aufsitzen!"

Nachdem alle ihren Platz eingenommen hatten, wurde das Tor geöffnet und das Fahrzeug verließ den Hof. Da saßen sie, die sechs Strafversetzten mit ihren düsteren Mienen auf den längs zur Fahrtrichtung ausgerichteten Holzbänken und fuhren ihrer ungewissen Zukunft entgegen.

Es herrschte Redeverbot. Jeder starrte vor sich hin. Von der Landschaft, die sich gegen Süden hin zur Sahara ausbreitete, bekamen sie kaum etwas mit. Die Fahrt war heiß und staubig, der warme Fahrtwind trocknete ihre Kehlen aus. Als das Fahrzeug nach endlosen Stunden auf der Nationalstraße Nummer sechs, die zwischen kahlen Gebirgszügen hindurch Richtung Béchar verlief, nach Westen auf eine Piste durch die Hammada abbog, wurden sie so heftig durchgeschüttelt, dass sie fast von ihren Bänken flogen. Endlich erreichten sie gegen Abend – die Sonne stand schon tief und die Hitze ließ nach – ihr Ziel. Von weitem war in der steinigen Ebene das weiße Fort bei Rharbia zu sehen. Unterwegs dahin kamen sie an zwei liegengebliebenen und zerschossenen Fahrzeugen vorbei, die wie Skelette von verdursteten Tieren aus der Landschaft ragten. Die sechs Sträflinge drehten ihre Köpfe nach den Fahrzeugruinen um und blickten ihnen lange nach. Jeder von ihnen wusste, was das bedeutete. Man war in einem Kampfgebiet. Überall lauerten Gefahren. Sie konnten jederzeit aus einem Hinterhalt angegriffen werden und so enden wie diese hier. Deshalb drückte der Fahrer auf das Gas und holte alles aus seiner Kiste heraus, was sie hergab. Es war die einzige Chance, heil durchzukommen.

Endlich standen sie vor dem von weiß getünchten Mauern und Wachtürmen eingeschlossenen Fort. Das schwere, grün und rot gestrichene Metalltor wurde von innen geöffnet. Der Dodge fuhr hindurch und kam zum Stehen. Der Fahrer und sein Begleiter sprangen ab und befahlen ihren Passagieren, sich im Hof neben dem Fahrzeug aufzustellen. Der Dodge wurde von einem Legionär, der herbeieilte, weggefahren. Die sechs Sträflinge ließ man eine Stunde im Hof stehen. Dann kam der Kommandant im Rang eines Leutnants und stellte sich vor sie hin. „Willkommen in der Hölle. Wenn ihr von hier wegkommt, dann entweder verletzt oder in einer Holzkiste. Wir sind hier an der marokkanischen Grenze. Von drüben kommen die *fellaghas* über die grüne Grenze. Sie bringen Waffen und Nachschub für die ALN, die sogenannte Befreiungsarmee, wie sie sich nennt, und verstecken sich in den umliegenden Dörfern. Eure Aufgabe wird es sein, ihre Nester aufzuspüren und sie unschädlich zu machen. Ihr habt es mit einem unsichtbaren Feind zu tun, der überall und nirgends ist. Wir sind hier nicht zimperlich. Die Bauern und Hirten, die hier leben, betrachten wir als Kollaborateure, die ihre Genossen mit Nahrung und Unterschlupf unterstützen. Beim geringsten Verdacht darf nicht, es muss von der Schusswaffe Gebrauch gemacht werden. Ihr seid alle ehrlose und, ich betone, rechtlose, nichtswürdige Hunde, die unsere Sache verraten, die der Legion geschadet, die Frankreich beleidigt haben. Bewährt euch hier, zeigt, dass ihr mutig und entschlossen für unsere Sache in den Kampf geht, dass ihr zu uns gehören wollt und bereit seid, euer Leben zu geben für den Mann, der neben euch steht. Nur so werdet ihr eure Ehre zurückbekommen. Sei es als Verwundeter, sei es als Gefallener. Wegtreten.“

Nach dieser Ansprache, die keine Fragen offenließ, wurde ihnen ihr Quartier zugewiesen. Bevor sie ihre Pritschen beziehen konnten, mussten sie sich in den Kontrollraum begeben, in dem ihr gesamtes Gepäck, die Ausrüstung und die persönlichen Gegenstände durchsucht wurden. Alles, was nicht Ausrüstung war, wurde ihnen abgenommen. Geldbeutel, Fotografien, Briefe, Mauros Buch, das blaue Band und das Kruzifix, alles wurde konfisziert und landete in Umschlägen, die mit der matricule beschriftet und in eine große Kiste geworfen wurden. Gustavos Messer konnte Mauro im Stiefel verstecken. Danach ging es in

den Schlafsaal, dessen Ausstattung wie die in den anderen
Kasernen war, jedoch in minderer Qualität. Die Pritschen
waren ohne Matratzen, ein Laken und ein Kissen gab es
nicht, man hatte sich mit einer schmuddeligen Decke zu
begnügen. Auch Schränke, in denen man seine Wäsche
einschließen konnte, waren nicht vorhanden. Da jeder genau das gleiche in seinem Rucksack mitführte, ging man
davon aus, dass nichts gestohlen wurde. Die Dusch- und
Waschräume waren gleich nebenan. Pro Sechserkammer
waren zwei Duschen und drei Waschbecken vorgesehen.
Warmes Wasser gab es nicht.

Nachdem das Quartier bezogen war, ging es hinunter
zum Appell und danach zum Essen. Die Offiziere und
Unteroffiziere hatten ihre Messen in dem Gebäude gegenüber. Der Speisesaal hier war schäbig eingerichtet:
rohe Holzbänke und Holztische, schlechte Beleuchtung,
dreckige Wände, von denen der grüne Putz abblätterte.
An der Wand zur Küche hin stand in großen schwarzen
Lettern: Legio patria nostra. Mauro hatte noch nie schlecht
gegessen, seit er in der Legion war. Schon in Marseille
war ihm die reichhaltige Küche aufgefallen. Immer gab es
Fleisch oder Wurst, dazu Reis, Teigwaren oder Kartoffeln
und Gemüse. Eine Karaffe Wein für jeden und Wasser
waren immer dabei. Hier aber angekommen ließ man sie
selbst beim Essen spüren, dass sie ganz unten waren. Es
gab eine dünne Suppe undefinierten Inhaltes, zwei Kartoffeln und Brot. Keine Baguette wie gewohnt, sondern
Schwarzbrot von dem man den Schimmel wegkratzen
musste. Auch der Wein wurde gestrichen.

Die Sechsergruppe, der Mauro zugeteilt war, bestand aus
einem Spanier, Pedro, der kleinlaut hinter seinem Teller
saß und keinen der übrigen ansah, einem Deutschen, der

sich Holger nannte, ein Hüne von einem Menschen mit blauen Augen, einem Schweden und einem Norweger, die Lasse und Björn hießen und sich fortwährend leise in ihrer Sprache unterhielten, von der die andern kein Wort verstanden, und einem Schweizer, dessen Name keiner verstand, weil er so leise redete, wenn er überhaupt etwas sagte. Die Stimmung am Tisch war gedrückt. Bevor man sie zum Essen entlassen hatte, war ihnen beim Appell der Tagesbefehl für den nächsten Tag erteilt worden. Der Caporal-chef hatte erklärt, dass sie zu ihrem ersten Einsatz ausrücken würden. Einige Kilometer vom Fort entfernt lag eine Ansammlung von Häusern. In diesem ‚douar‘ waren von der Flugaufklärung verdächtige Aktivitäten beobachtet worden. Es wurde vermutet, dass ‚fellaghas‘ über die Grenze gekommen waren und dort Waffen versteckt hielten. Dieses Nest sollte aufgespürt und neutralisiert werden.

„Was darunter zu verstehen ist, bleibt euch überlassen. Und denkt daran, hinter jedem noch so harmlos aussehenden Hirtengesicht lauert ein Terrorist. Sie haben Messer, mit denen sie euch angreifen, sobald ihr ihnen den Rücken zudreht. Der Feind ist feige. Er sucht nie die direkte Konfrontation. Er operiert aus dem Hinterhalt. Also unternehmt nichts, ohne euch gegenseitig Deckung zu geben. Reveille um fünf Uhr. Wegtreten.“

Zum Chef der Gruppe wurde Mauro bestimmt. Er sollte auch den Dodge fahren. Der Mann am Funkgerät war der Deutsche. Sein Französisch war schlecht, aber er war der Einzige, der mit dem Gerät umgehen konnte. Die sechs jungen Männer, die sich nicht kannten, hatten zwar alle Kampferfahrung, aber bereits am nächsten Tag auf eine solche Mission geschickt zu werden, über deren

Gefährlichkeit man sie in aller Deutlichkeit aufgeklärt hatte, ließ nur ein Gefühl zu: Todesangst.

„Kennt ihr Reise nach Jerusalem?“, fragte der Deutsche in die bedrückende Stille hinein. „Das ist ein Spiel mit sechs Spielern und fünf Stühlen. Wenn die Musik aufhört, müssen sich alle sofort auf einen Stuhl setzen. Wer keinen Stuhl hat, verliert. Dann geht es weiter mit fünfen Spielern und vier Stühlen und so weiter und so weiter. Einer bleibt übrig.“

„Unser Spiel hat sechs Spieler und einen Stuhl“, äußerte sich Björn.

„Oder gar keinen“, warf Lasse ein.

Mauro sagte nichts. Er überlegte fieberhaft, wie er den morgigen Tag überstehen könnte. Seine Wut und die Angst waren ein gefährliches Gemisch, das seine Seele zu Stein werden ließ. Er wollte um jeden Preis überleben, selbst wenn er alle, die hier am Tisch saßen, verraten, preisgeben, opfern müsste. Er sah sich wieder im Kampf mit dem schwulen Sergeanten. Alles genau analysieren, klar denken. Den Gegner kommen lassen, die Finte ahnen, maximale Konzentration, jede noch so kleine und unbedeutende Bewegung wahrnehmen, reagieren, bevor der andere in Aktion tritt. Klar denken, die Angst zerstampfen, über sie hinweg schreiten, klar denken.

In der Nacht auf seiner harten Holzpritsche fühlte er sich wie einer, der am nächsten Tag hingerichtet würde. Er konnte seine Tränen nicht zurückhalten. Mein junges Leben! Warum muss ich es schon jetzt hergeben?

Er sah sie alle vor sich, die Menschen, die er liebte, Aurelia, mit ihrem duftenden Haar, die ihm von weitem zuwinkte, seine geliebte kleine Schwester, die so an ihm hing, für die er der Beschützer war. Es war, als würde er ihre Tränen fühlen, die sie beim Abschied auf seinen Hals hatte fallen lassen. Carla, ja auch sie, er wusste nicht warum, kam zu ihm in dieser Nacht und schaute ihn durch die Brille mit ihren klugen Augen an. Ich habe dir Unrecht getan, verzeih mir, bitte. Du hast mich erkannt. Als du mir dieses Buch gegeben hast, wusstest du mehr von mir als ich selbst.

Gabriella kam auch, seltsamerweise begleitet von Silke, die sie an der Hand führte. Sie sahen freundlich zu ihm hinüber, lächelten und waren zufrieden, dass sie ihn hatten beschenken dürfen, jede auf ihre Weise. Sie entließen ihn ohne Gram. Raffaele tauchte auf. Auch der liebe Kerl im Zug, Luigi, der mit ihm sein Abendessen geteilt hatte und so stolz auf das Olivenöl von seinem Hof war. John flog vorüber, traurig war sein Blick und voller Reue, weil er ihm die ganze Misere eingebrockt hatte. „Wer weiß, vielleicht wärst du gut davongekommen. Ich nicht. Mich hätten sie vor ein Kriegsgericht gestellt. Ich wollte dich schützen, indem ich mich schützte.“

Und dann kam sie, seine Mutter, und legte ihm die Hand auf sein Gesicht. Ein letztes Mal. Sie duftete nach ihrem schweren Parfüm und sah so schön aus, wie er sie nie zuvor gesehen hatte. „Mein geliebter Sohn, mein Maurokind. Ich sterbe jetzt. Ich übernehme deinen Tod. Sei also unbesorgt.“

Die Tränen trockneten in dem kurzen, tiefen Schlaf, und als die Reveille im Hof ertönte, die der Trompeter in den kalten Morgen blies, war sie zurück, die große, steinharte Wut.

23.

Fünfzehn Minuten später standen sie alle in ihren Kampfanzügen und mit den weißen Mützen auf dem Kopf fröstelnd im Hof. Jeder erhielt einen Becher warmen Kaffee und eine Scheibe Brot. Daraufhin wurden die Waffen ausgegeben. Jeder erhielt eine MAT-49 mit drei vollen Magazinen und zwei Handgranaten. Dann kam der Befehl zum Aufsitzen. Mauro setzte sich ans Lenkrad und erhielt vom Caporal-chef einen Kompass und eine Karte, auf der mit einem Kreis das Gebiet des ‚douars' eingezeichnet war, den es zu durchsuchen galt.

Das Eisentor wurde geöffnet, der Dodge verließ das Fort und fuhr auf der Steinpiste Richtung Westen, die Sonne im Rücken, die sich gerade aus der Unendlichkeit der Wüste erhob. Mauro beschleunigte so gut es ging. Sie fuhren durch hügeliges Gebiet. Kahle Erhebungen links und rechts der Fahrbahn, von trockenen Wadis durchzogen, verhinderten die Übersicht. Das Gelände war gefährlich. Jederzeit hätte von oben herab ein Beschuss der im Geröll versteckten ‚fellaghas' erfolgen können. Es herrschte eine gespenstische Ruhe an diesem Morgen. Nur das Brummen der schweren Maschine und das laute Knacken des Getriebes beim Wechsel der Gänge durchschnitten die Stille. Kein Vogel am Himmel, kein Baum war zu sehen. Wenige Ziegen einer versprengten Herde, die vom staubig-grünen Gestrüpp fraßen, waren die einzigen Zeichen dafür, dass es hier Leben gab. Die sechs jungen Männer auf dem Fahrzeug waren in höchster Alarmbereitschaft. Zwei zu jeder Seite, einer hinten und Mauro vorne hielten sie mit ihren Maschinenpistolen im Anschlag Ausschau nach jeder ungewöhnlichen Bewegung oder dem Aufblitzen eines Gewehrlaufs, der sich in der Sonne spiegelte. An einer Weggabelung mussten sie anhalten. Mauro schaute auf die Karte und prüfte mit dem Kompass die beiden Richtungen. Er entschied sich für die Piste, die nach rechts abbog und zu einem Pass führte. Von da oben sah man, wie sich das Gelände in eine Ebene erstreckte, an deren fernem Ende eine kleine Oase zu erkennen war. Das war der ‚douar‘, den sie zu durchsuchen hatten. Holger am Funkgerät gab dem Kommando im Fort ihre Position durch und meldete, dass sie sich nun in Sichtweite ihres Zielobjekts befanden. Das unwegsame Gebiet war überwunden. Sie durchquerten in hohem Tempo die Ebene und kamen zu der Siedlung, die sich von weitem aus der Landschaft abhob. Sie bestand aus mehreren ‚mechtas‘, Behausungen, die um einen zentralen Platz herum gebaut waren und mit ihren Lehmmauern und flachen, schmucklosen Dächern einen ärmlichen Eindruck machten. Auf dem Platz vor den Hütten lag ein Hund, der seinen Kopf hob, als das Fahrzeug vor ihm zu stehen kam. Hühner liefen aufgeregt im Kreis herum und sprangen auf einen Trog, der unter einer Palme stand. Ein Kamel, dessen Hinterlauf nach oben gebunden war und im Schatten der Palme aus dem Trog fraß, gab einen hohen, knarrenden Laut von sich. Die Legionäre sprangen vom Fahrzeug und bildeten auf Mauros Anweisung hin einen Halbkreis. Sie blieben zunächst in der Deckung des Fahrzeugs. Ihre Anspannung war groß. Der kleine Schweizer klapperte mit den Zähnen. Der deutsche Hüne stand wie ein Baum und rührte sich nicht. Sie warteten eine Weile ab, doch nichts geschah. Vorsichtig rückte die Gruppe dann vor. Sie sprachen kein Wort. Alle schauten zu Mauro, der Handzeichen gab. Er teilte die Gruppe. Je drei Mann schritten von beiden Seiten auf die Hütten zu.

Sie stießen die Türen auf und schrien, dass alle, die drin waren, herauszukommen und sich gegen die Mauern zu stellen hatten. Um ihrem Befehl Nachdruck zu verleihen, schossen sie mehrere kurze Salven ins Innere der Behausungen. Zögerlich kamen Menschen zum Vorschein. Frauen, Männer, Kinder. Sie hielten die Arme über den Kopf und wurden gegen die Mauern gestoßen. Als alle draußen waren, wurden die Hütten durchsucht. Der Schwede und der Norweger bewachten die Menschengruppe. Die Hütten waren schnell durchsucht. Sie bestanden aus einem Hof, in dem eine Kochstelle war, und einem einzigen Raum, in dem die Menschen dicht an dicht auf Strohmatten schliefen. Nichts wurde gefunden bis auf die wenigen Habseligkeiten, mit denen diese Menschen ihr Dasein fristeten. Einen alten Mann spürten sie in einer der Hütten auf. Er kauerte am Boden und hatte große Mühe sich zu bewegen. Der Spanier zog ihn heraus. Mühsam versuchte der Greis, über die Schwelle zu kommen. Er stürzte mit seinem Krückstock und blieb vor der Hütte liegen. Ein junger Mann, der ihm aufhelfen wollte, wurde vom Spanier brutal in die Reihe zurückgedrängt. Der Greis kroch mit seinen zittrigen Händen zur Mauer und richtete sich auf, so gut er konnte.

Auch hinter den Hütten, wo das Gelände wieder anstieg, konnte nichts entdeckt werden, was auf ein Waffenlager der ,fellaghas' oder auf eine kürzliche Anwesenheit von ihnen hindeutete.

Die Spannung war groß. Sechs Legionäre standen im Abstand von fünf Metern einer Reihe von Menschen gegenüber, die sie mit ihren dunklen Augen ausdruckslos ansahen. Was ging in ihnen vor? Fragten sie sich, was die mit ihnen vorhatten? Ob sie erschossen würden? Ob man ihnen ihr Vieh wegnehmen, die Häuser anzünden würde? Sie standen nur da und schauten. Sie schienen bereit, alles hinzunehmen, was auf sie zukommen würde. Diese Teilnahmslosigkeit der Menschen, die da vor ihm aufgereiht standen, machte Mauro wütend. Angst vor dem Ungewissen, dem Unkontrollierbaren und die Wut vor dieser Angst, das war die gefährliche Mischung, in der das Denken aussetzte und die niedrigsten Instinkte wieder die Führung übernahmen. Wie damals im Gefecht kehrte auch jetzt die wütende Euphorie in ihn zurück, in der er sich als Mensch verloren hatte und zur Kampfmaschine geworden war.

„Wann waren sie da?", schrie er in ihre leeren Gesichter. „Wo habt ihr sie versteckt? Wo sind ihre Waffen?"

Keine Reaktion.

„Ich will es sofort wissen. Sonst töten wir einen nach dem andern." Um seiner Drohung Gewicht zu verleihen, schoss er eine Salve über ihre Köpfe hinweg.

Die Leute standen unbeweglich wie zuvor. Keiner machte Anstalten, den Mund aufzutun. In die Stille hinein hörte man ein Baby schreien.

Etwas musste geschehen. Diese Spannung war für Mauro unerträglich. Er ging auf die Leute zu. Sie wussten etwas. Das spürte er deutlich. Jedenfalls war er davon überzeugt. Diese glotzenden Kuhaugen, diese dumpfe Duldsamkeit waren unerträglich. Er stand vor der Frau, die das weinende Kind in ihrem Tuch eingewickelt hatte. Neben ihr stand ein Mann, der sie an der Hand hielt. Zwischen ihnen ein kleiner, halbnackter Junge mit dichtem schwarzem Kraushaar, der sich am Bein seines Vaters festgeklammert hatte. Mauros Herz klopfte wie wahnsinnig. Der Typ da hatte doch bestimmt ein Messer. Er riss der Frau das Baby aus dem Tuch, packte es am Hemdchen und trat zwei Schritte zurück. Die Frau machte eine instinktive Bewegung auf ihn zu. Sie wurde vom Mann grob zurückgehalten. Mauro hielt das schreiende Bündel in die Höhe, als wäre es die Beute, die zu erobern sie hierhergekommen waren.

„Zum letzten Mal! Ich will wissen, wann sie da waren, wo sie die Waffen versteckt haben und in welche Richtung sie abgezogen sind."

Er entfernte sich und bezog Stellung neben dem Fahrzeug. Seine Kameraden standen in einem Halbkreis um ihn da, bewegungslos, die Maschinenpistolen im Anschlag und jederzeit bereit, auf die Menge zu feuern. Eine blaue Zunge zitterte im weit aufgerissenen Mund des entsetzlich schreienden Kindes.

„Wo sind sie? Wo?"

Nichts rührte sich unter den Menschen an der Mauer.

Mauro kletterte über die Stoßstange auf die Motorhaube des Dodges „Wo?", schrie er ein letztes Mal in Richtung der Leute. Dann öffnete die Hand. Das Baby stürzte auf die Kühlerhaube des Dodges. Sein Kopf schlug hart auf das Metall auf. Es fiel über die Stoßstange zu Boden. Das Schreien hört auf.

Die Mutter riss sich los und stürzte auf Mauro zu. Mit einem unmenschlich brüllenden Laut aus den Tiefen ihrer Kehle packte sie ihn mit beiden Händen an den Beinen und riss ihn vom Fahrzeug, vor dem er mit einem Sprung auf den Boden neben dem Baby zu stehen kam. Sie fasste ihn am Hals und bohrte ihre Finger in sein Fleisch. Sie krallte sich an ihm fest und versuchte, an ihm hochzusteigen, um ihn zu Boden zu reißen. Es gelang Mauro nicht, sich aus dieser Umklammerung zu befreien. Wie ein Raubtier, das sich in seinem Opfer festbeißt, versuchte sie, ihn zu Fall zu bringen. Einen Moment lang sah es so aus, als würde es ihr gelingen. Schließlich trat der Deutsche neben sie und schlug ihr mit dem Kolben seiner Waffe den Schädel ein. Blut spritzte aus der Kalotte und bedeckte die sandige Erde. Ihr Griff um Mauros Hals löste sich. Sie glitt lautlos neben ihm auf die Erde und bedeckte mit ihrem Körper das tote Kind.

Es dauerte eine Weile, bis sich die Soldaten gesammelt hatten. Von weiteren Aktionen sahen sie ab. Die Menschen an der Mauer standen nur da und starrten. Ein Hahn krähte. Der Hund hatte sich verzogen. Mit einer Kopfbewegung hieß Mauro seine Kameraden aufzusitzen. Er setzte den Dodge zurück, legte den Vorwärtsgang ein und trat aufs Gas.

Die Menschen sahen dem Fahrzeug nach, das eine mächtige Staubwolke hinter sich herziehend durch die Ebene zurück zu den Hügeln raste.

24.

Was war geschehen? Mauro öffnete die Augen und fand sich in einem weichen Bett zwischen zwei sauberen weißen Laken liegend. Sein Schädel brummte, die Gedanken gingen langsam. Im linken Bein spürte er einen heftig stechenden Schmerz. Eine Krankenschwester kam auf ihn zu und fragte, ob er etwas gegen die Schmerzen haben wolle.

„Wo bin ich hier?"

„Im Krankenhaus von Oran."

„Was ist geschehen?"

„Sie wurden gestern operiert. Ihr Bein war voll mit Splittern. Sie müssen sich jetzt ausruhen. Später bringe ich Ihnen etwas gegen die Schmerzen."

Mauro legte seinen Kopf zurück auf das Kissen und schloss die Augen. Er versuchte angestrengt, sich zu erinnern, aber die Gedanken gerieten durcheinander. Da war das Kind. Das Baby. Silkes Baby. Nein. Es war ein anderes. Ich ließ es fallen. Ich ließ mich fallen, nachdem mich Silke geboren hatte. War es das? Nein. Es war anders. Wir fuhren. Die Jungs hinten, ich am Steuer. Durch die Schlucht. Weg vom Dorf, weg von den Leuten. Sie hatten Waffen. Gewehre. Uralte Karabiner. Sie hielten sie versteckt. Unter ihren Gewändern. War das nicht so? Täuschte ich mich? Ihre Augen. Diese glotzenden Augen. Aber wir fuhren weg. Waren außer Gefahr. Nur schnell weg. Nach Hause. Zum Fort. Dann kam der Knall. Eine Bombe explodierte neben dem Fahrzeug. Ihre übliche Methode. Wir wurden aus dem Fahrzeug geworfen. Alle tot. Ich lag unter dem Deutschen, dem ein Blechteil den Hals durchbohrt hatte. Sein Blut tropfte auf mich herab. Ich lebte. Wirklich? Lebte ich oder war das der Tod? Ich fühlte den rasenden Schmerz im Bein, also lebte ich. Was geschah danach? Ich wusste von dem, was andere mir erzählt hatten, dass die ‚*fellaghas*‘ nach jedem Attentat zurückkamen, um aufzuräumen. Nur wenn alle tot waren, verschwendeten sie keine Kugeln. Ich musste tot sein, bevor sie kamen. Jedenfalls musste es so aussehen. Da fiel mir ein, dass ich Gustavos Taschenmesser im Stiefel hatte. Ich nahm es hervor und ritzte mir unter dem zerfetzten Hemd in der Gegend des Herzens eine Wunde. Ich verbarg mein Gesicht unter Holgers Arm, damit sie es nicht sehen konnten, falls ich aus Versehen blinzelte.

Sie kamen. Ziemlich schnell waren sie da. Ich hatte Glück. Sie schossen nicht. Ich hörte ihre Stimmen über mir. Dieses Kauderwelsch. Sie stießen mit ihren Stiefeln gegen die toten Kameraden. Dem Schweizer hingen die Gedärme raus. Sie nahmen die Waffen und das Funkgerät mit. Dann waren sie weg. Ich tat nichts. Wagte mich nicht aus meinem Versteck. Endlich hörte ich ein Geräusch, das sich wie ein Jeep anhörte. Ich kannte den Motor. Es gehörte zu den Regeln der Legion, dass sie jeden, ob tot oder verwundet, zurückholten. Keiner wurde zurückgelassen. Als sie den schweren Holger von mir weghoben, öffnete ich die Augen.

Mauro lag in seinem Bett, das Bein war in ein Gestell gehängt. Er versuchte, sich an die Ereignisse zu erinnern. Es war ihm, als versuchte er eine Geschichte zu erzählen, die ein anderer erlebt hatte.

„He, hier ist noch einer am Leben."
„Welcher ist es?"
„Keine Ahnung, die matricule fehlt."
Die Mutter des Babys hatte sie Mauro während ihres Kampfes um ihr Kind abgerissen. Sie hielt sie vermutlich jetzt noch fest umklammert in ihrer toten Hand.
Die fünf Leichen wurden in Säcke gesteckt. Über Funk wurde ein Dodge gerufen, der die toten Kameraden abholen würde. Mauro wurde vom Sanitäter so gut es ging versorgt, auf den Jeep geladen und zum Fort gebracht. Noch am selben Abend kam ein Hubschrauber und brachte ihn ins Militärhospital von Oran. Er hatte großes Glück gehabt. Es steckten neun Splitter in seinem Bein und der Unterschenkelknochen war quer durchgebrochen, die Hauptschlagader des Beins war aber nicht getroffen worden. Sonst wäre er verblutet. Sein Körper konnte gerettet werden. Und er wurde vollständig rehabilitiert.
Ein Leutnant trat einige Tage später an sein Bett und

überreichte ihm die neue matricule und alle seine persönlichen Sachen. Auch das Tapferkeitsabzeichen erhielt er zurück. Nur das Buch fehlte. Den Grund dafür erfuhr er nicht.

Seine Seele aber erlitt einen irreparablen Schaden. Er war hier im Krankenhaus nicht in der Lage, die Ereignisse, die sich in diesem kleinen *douar* nahe der Grenze zu Marokko abgespielt hatten, mit klaren Gedanken zu überblicken. Auch später würde es ihm wahrscheinlich schwerfallen, sich daran zu erinnern. Zu schrecklich war es für ihn, das Ungeheuer in sein Bewusstsein zu lassen; das Ungeheuer, das er selbst war.

Der Aufenthalt im Krankenhaus dauerte vier Wochen. Nachdem der Bruch verheilt war, durfte er aufstehen und erste Gehversuche machen. Zunächst an zwei Stöcken, dann nur noch an einem, machte er täglich seine Übungen. Er ging sooft es ging in den Park und lief herum, bis die Anstrengung zu groß wurde und er sich auf eine Bank setzen musste.

Mauro wurde still. Die Wut spürte er nicht mehr. Er fühlte sich wie ein kleiner Kater, den man versucht hatte zu ertränken und der es geschafft hatte, ein Loch in den Sack zu beißen. Jetzt stand er da, am Ufer des Sees, schüttelte das Wasser vom triefenden Fell und schaute in die Sonne, die noch schien, auch für ihn. Wenn es nicht nötig war, redete er mit niemandem. Er lächelte freundlich und zeigte sich dankbar für alles, was man für seine Genesung tat. Nur am Rande nahm er wahr, wie sich die politische Lage in Algerien weiterentwickelte. Die Armee war gespalten. Nach dem Referendum, bei dem eine Mehrheit für die Unabhängigkeit Algeriens gestimmt hatte, fühlte sich eine Minderheit verraten und wollte mit allen Mitteln verhindern, dass sich Frankreich von Algerien loslöste. Erneut flammten bürgerkriegsähnliche Zustände auf. Man redete von Putsch. Auch innerhalb der Legion. Aber das kümmerte Mauro nicht mehr. Er hatte mit Algerien und der Fremdenlegion abgeschlossen und wartete nur darauf, dass er gesund wurde. Bei der nächsten sich bietenden Gelegenheit würde er von hier verschwinden.

Zunächst jedoch sah es nicht danach aus. Er wurde nach fünf Wochen aus dem Militärkrankenhaus entlassen und nach Korsika geschickt, wo er sich vollständig auskurieren und wieder zu Kräften kommen sollte. Mit demselben Schiff, das ihn nach Algerien gebracht hatte, mit der ‚*Ville d'oran*‘, fuhr er nach Bonifacio. Er schaute nicht zurück, als das Schiff den Hafen verließ.

Vorwärts geht's immer, rückwärts nimmer. Ein bitteres Lächeln huschte über sein Gesicht, als er auf dem Oberdeck stand und an die Worte des Deutschen denken musste, mit dem er in der Bar gesessen hatte, bevor er zu Josianne hochgegangen war.

Jede Seemeile, die das Schiff Richtung Norden zurücklegte, tat ihm gut. Das war es, was er wollte: weg. So schnell und so weit wie möglich.

Hoch über der Stadt von Bonifacio stand die ehemalige Zitadelle, die von der Fremdenlegion als Garnison genutzt wurde und in der ein Sanatorium für alle im Kampf Verwundeten untergebracht war. Noch nie ging es ihm so gut wie hier. Er hatte ein eigenes kleines Zimmer mit Blick über das Meer. Das Essen war reichlich und gut. Es gab für ihn weder Reveille noch Rassemblement, kein Marschieren, kein Drill. Auch Waffen hatte er keine. Man war freundlich zu ihm. Aber er schloss sich niemandem an. Er blieb für sich. Neben dem täglichen Kraftaufbau an verschiedenen

Geräten blieb ihm viel freie Zeit. Er vermisste sein Buch. Vielleicht hatten sie gemerkt, dass es nicht ihm gehörte.

Die Anlage war weitläufig. Sie umfasste mehrere freistehende Gebäude, in denen nebst dem Sanatorium auch die Verwaltung der Fremdenlegion untergebracht war. Eine hohe Funkantenne ragte weit in den Himmel. Das ganze Areal war von einem Zaun umgeben. Nur auf den Felsen nach Süden hin, dort, wo die schroffen Felsen steil ins Meer abfielen, war keine Befestigung. Die Treppe, die von oben zum Meer führte – einst vom König von Aragon in den Felsen gehauen – war zugemauert. Wer dennoch versuchte, über diesen Weg in die Freiheit zu gelangen, stürzte in den Tod.

Mauro stand da oben und schaute über die blaue Wasserfläche, die sich hundert Meter unter ihm ausbreitete. An klaren Tagen konnte er bis zur Nordspitze von Sardinien sehen.

Italien! Die Freiheit! So nah und dennoch unerreichbar.

Er wurde der Küche zugeteilt. Die Arbeit gefiel ihm. Sie bot Abwechslung. Mal musste er im Speisesaal die Offiziere bedienen, mal hatte er Kartoffeln zu schälen, Gemüse zu schneiden oder im großen Trog die Teller und Töpfe zu spülen. Mit dem Vorgesetzten verstand er sich gut. Er hieß Gérard und stammte aus der Gegend um Calvi. Er war kein Legionär. Als Ziviler genoss er Freiheiten, die die andern nicht hatten. Er konnte kommen und gehen, wann immer er wollte. Nach Feierabend verließ er mit seiner Vespa die Festung und fuhr in die Stadt, in der er mit seiner Familie ein kleines Haus bewohnte. Er war ein gemütlicher, dicklicher Korse, der Mauro an Gustavo erinnerte. Mauro arbeitete gerne mit ihm zusammen. Auch wenn viel zu tun war, immer war auch Zeit für eine Pause.

„Sieh zu, dass du hier wegkommst", sagte er unter vorgehaltener Hand, als sie sich einmal in die Sonne setzten und eine Zigarette rauchten. „Algerien ist passé. Das können wir uns sonst wohin stecken. De Gaulle hat längst alles vermasselt."

Mauro dachte an nichts anderes. Sich in die Stadt durchzuschlagen, wäre möglich, aber riskant. Überall waren Legionäre, Vorgesetzte, Spitzel. Da würde er in seiner Uniform sofort auffallen. Ein anderer Plan reifte in seinem Kopf.

Camerone stand vor der Tür. Das große Fest der Fremdenlegion zu Ehren der in Mexico unter selbstlosem Einsatz Gefallenen. So ein Fest vorzubereiten, war eine Riesenaufgabe für die Küche und den Fourier, der dafür zu sorgen hatte, dass kistenweise Wein und Champagner, Fleisch, Gemüse und Süßspeisen herbeigeschafft wurden.

Die Vorbereitungen liefen auf Hochtouren.

„Kannst du mir einen Schlauch beschaffen?", fragte Mauro Gérard, als sie dabei waren, die Weinkisten vom Lastwagen abzuladen und in die Vorratskammer zu tragen.

„Ich weiß, was du vorhast, mein Junge", sagte Gérard und setzte die Kiste ab. „Den Schlauch zu besorgen, ist das kleinste Problem. Es ist gefährlich. Die Strömung ist schwer einzuschätzen. Wenn du Pech hast, treibt sie dich auf das offene Meer. Viele, die es gewagt haben, sind ertrunken."

„Ich muss es versuchen."

„Wann?"

„Morgen ist das Fest. Eine bessere Gelegenheit gibt es nicht."

„Ich werde dich mit der Camionette in die Stadt schicken.

Dem Wachposten werde ich sagen, dass der Cognac nicht geliefert wurde und dass du ihn holen musst, weil ich mich selbst nicht darum kümmern kann. Der Schlauch wird hinten unter einer Decke liegen."

„Und wenn er Verdacht schöpft?"

„Du vergisst, mein Junge, dass ich Fourier bin. Mit einer Flasche Cognac gehen alle Türen auf", sagte er und zwinkerte ihm zu.

Der nächste Morgen versprach ein strahlend schöner Tag zu werden. Der Himmel war wolkenlos. Kaum ein Windhauch. Mauro stand an seinem Fenster und blickte hinaus auf die glatte Fläche der Straße von Bonifacio. Heute war der Tag. Heute oder nie. Er war aufgeregt, als er sich das Hemd der Paradeuniform zuknöpfte. Das Kreuz seiner Mutter hatte er sich wieder um den Hals gehängt. Es lag unter der neuen matricule, die ihm im Krankenhaus von Oran erhalten hatte. Das blaue Band von Aurelia steckte er zuunterst in die Hosentasche. Alles war korrekt gebügelt und sah tadellos aus. Auch den weißen Überzug seines Képi hatte er gewaschen. Nichts sollte auf seinen Plan hindeuten, dass er sich heute durch die Hintertür von diesem Verein verabschieden würde. Er nahm an der Feierlichkeit teil, wie jeder andere auch, der hier in dieser Garnison war und zur Legion gehörte. Zum Aufmarsch war er nicht eingeteilt worden. Man nahm Rücksicht auf seine Rekonvaleszenz. Die Parade begann um zehn Uhr mit dem Einzug der Ehreneinheit. Vorneweg schritt im langsamen Takt der Legion der Oberkommandierende der Garnison. Im Rang eines Colonels trug er eine schwarze Mütze mit fünf goldenen Bändern und einen weißen Stock, den er in der rechten Hand schwenkte. Dahinter folgte ein Lieutenant-chef mit dem Kissen, auf dem eine hölzerne Handprothese lag. Sie war eine Imitation des Originals, das im Museum von Sidi bel Abbès aufbewahrt wurde. Danach folgten weitere Offiziere und Unteroffiziere, das Korps der Musikanten mit Trommeln, Pauken, Pfeifen und Trompeten. Für einen Moment hoffte Mauro, der als Zuschauer in einer der flankierenden Seitenreihen stand, dass er unter den Trompetern das Gesicht von Raffaele entdecken würde. Hinter der Musik kamen die paradierenden Einheiten. Zuerst die Pontoniere mit ihren braunen Lederschürzen und den Beilen auf den Schultern, danach die Repräsentanten aller übrigen Einheiten. Nachdem alle aufmarschiert und zum Stillstand gekommen waren, wurde die Geschichte von Camerone vorgetragen. Als sie in Sidi bel Abbès zum ersten Mal davon erfahren hatten, war Mauro noch beeindruckt gewesen. An diesem Tag in Bonifacio stand er diesem Schauspiel unberührt und gleichgültig gegenüber, wissend, dass die Wirklichkeit eine andere war.

Die Parade war zu Ende, die Menge ging auseinander, die Leute suchten je nach Dienstgrad ihre Messen auf, in denen das Gelage begann. Mauro zog sich in der Küche seine Schürze über und nahm seinen Dienst auf.

„Alles nach Plan", flüsterte ihm Gérard im Vorbeigehen zu. „Halte dich um fünf Uhr bereit."

Mauro bediente in der Messe der Unteroffiziere. Zunächst der Champagner, dann die Foie gras, der Fisch und die Hammelkeule und Wein in großen Mengen, so dass schon bald eine feuchtfröhliche Stimmung überhandnahm, die mit der Nachspeise ihren betrunkenen Abschluss fand. Das war gut für ihn. Niemand achtete auf ihn, niemand fragte etwas, man war mit sich und seinem Wohlergehen beschäftigt.

„Du musst was essen", trat Gérard zu Mauro, „du wirst es brauchen."

„Ich kann nicht."

„Hier, das kleine Stück Hammelfleisch. Nimm schon, setz dich und iss."

Die Spannung in Mauro stieg. Die letzte Stunde, die er in der Fremdenlegion zubringen würde, war angebrochen. Er zwang sich zu essen. Danach half er beim Spülen des Geschirrs. Das war gut gegen die Nervosität.

Gegen fünf Uhr erschien Gérard in der Tür zum Hof und nickte Mauro zu sich. Mauro legte die Schürze beiseite und ging auf ihn zu.

„Ich habe mit dem Wachhabenden gesprochen. Hier sind die Wagenschlüssel. Hinten auf der Pritsche liegt alles bereit. Geh nicht vor der Dämmerung los. Man könnte dich sehen. Hier sind ein paar Lire für drüben. Viel Glück."

Mauro bestieg den Citroën H, steckte den Schlüssel ins Zündschloss und startete den Motor. Mit klopfendem Herzen näherte er sich dem Tor, wo er von dem Wachhabenden aufgehalten wurde.

„Ich fahre für Gérard in die Stadt und hole den Cognac."

Die Schranke hob sich. Mauro fuhr an. Er war draußen.

Er hatte sich die Gegend um Bonifacio auf der Karte angeschaut und eingeprägt. Die Straße, die er finden musste, war die D260, die von der Hauptstraße, die östlich aus der Stadt führte, nach Süden Richtung Capo Pertusato abzweigte. Dort gab es eine Stelle, die für den Einstieg geeignet war. Er schaute mehrmals in den Rückspiegel. Alles war ruhig. Keine Polizei, kein Armeefahrzeug, das ihn verfolgte. Als er den Abzweiger fand, wurde er ruhiger. Obwohl Samstag war und sie weiter südlich zu einem Sandstrand führte, an dem sich um diese Zeit für

gewöhnlich viele Erfrischungssuchende aufhielten, war
die Straße kaum befahren. Von diesem Strand aus wollte
Mauro starten.

Er musste an die Fahrt in der Giulietta des Generalvikars denken. Auch jetzt saß er in einem Auto, das ihm
nicht gehörte und das er eigentlich nicht fahren durfte.
Es war nicht mehr weit bis zum Strand, der in Kalkfelsen eingebettet war, die es möglich machten, das Fahrzeug so stehen zu lassen, dass man es von der Straße
her nicht sofort entdecken konnte. Unter der Decke auf
der Ladefläche lag der Schlauch eines Lastwagenreifens,
dick aufgeblasen, so dass er den Körper von Mauro tragen konnte. Gérard, der Herzensgute, hatte noch eine
Schokolade, einen Fellbeutel mit frischem Wasser und
ein Stück Holz, das als Paddel dienen sollte, dazugelegt.
Mauro ließ den Zündschlüssel stecken und ging mit dem
Reifen und dem Proviant hinunter zum Strand. Noch
stand die Sonne am Himmel. Er wartete im Schatten der
seitlichen Felsen, bis sie untergegangen war. Dann zog er
sich die Schuhe, die Socken und das Hemd aus und legte
den Schlauch auf das Wasser. Die Schokolade, von der er
die Hälfte während des Wartens gegessen hatte, steckte er
sich in das Unterhemd. Jetzt gab es kein Zögern mehr. Er
setzte sich in den Ring, legte sich den Wasserbeutel um
und ruderte hinaus auf das Meer. Die matricule streifte
er sich vom Hals und warf sie ins Wasser. Es war immer
noch beinahe windstill, als er die Felsen und den Strand
hinter sich ließ. Der Weg war weit und sein Ziel konnte er
links am Horizont erahnen, wo er glaubte ein paar Inseln
in der Ferne aus dem Wasser ragen zu sehen.

Er orientierte sich an der Sonne, die im Westen untergegangen war. Das hieß, dass etwa in einem rechten Winkel zu ihrem Lauf am Himmel Süden sein musste.

Die Küstenlinie von Korsika entfernte sich zunehmend. Als die Dämmerung in die Nacht überging, hatte er vielleicht einen Drittel des Weges geschafft. Er befand sich jetzt in der gefährlichen Strömung der Straße von Bonifacio.

Wohin wird sie mich treiben? Wie stark wird sie sein und werde ich meinen Kurs halten können?

Wind kam auf, der von Minute zu Minute stärker wurde. Mauro driftete ab, ohne dass er viel dagegen tun konnte. Das kleine Paddel hatte wenig Wirkung gegen die Kräfte der Natur. Es trieb ihn nach Osten. Die Thermik des Abends ließ den Wind weiter aufleben. An seinen Händen, die vom Wasser durchgeweicht waren, zeigten sich Blasen. Sie platzten auf und machten ihm die Nutzung des Paddels beinahe unmöglich. Die Kälte des Wassers, die sich durch den Wind verstärkte, setzte ihm zu. Er war erschöpft. In der Ferne, in der Richtung, die er für Süden hielt, glaubte er, einige Lichter zu sehen. Das Schlimme nur war, dass er sich von ihnen entfernte. Er wusste nicht mehr, wo er sich befand. Mit großer Anstrengung versuchte er, in Richtung der Lichter zu gelangen. Er schaffte es nicht. Er drehte sich in seinem Reifenschlauch mehrfach um sich selbst. Panik kam auf. Verzweiflung. „Nein, da will ich hin, verdammt!" Völlig erschöpft glitt er zurück und legte seinen Kopf auf den Schlauch. Über ihm tat sich ein Sternenhimmel auf, wie er ihn bisher nur in der Wüste gesehen hatte. Er erinnerte sich an die Tage, die er mit den Kameraden ohne Essen und nur einem Liter Wasser im Maquis verbracht hatte.

Mit letzter Kraft versuchte er erneut, in die Richtung zu kommen, die er für die richtige hielt. Aber er trieb wie willenlos als Spielball der Elemente dahin.

Als er einen Schluck aus dem Wasserbeutel nehmen wollte, musste er feststellen, dass dieser nicht mehr an der Kordel war. „Hilf, wenn du da bist und nicht willst, dass ich untergehe!"

Er schrie und schluchzte mit Tränen der Verzweiflung in den Augen. „Ich bereue meine Sünden, bitte verzeih mir, dass ich das Kind fallen ließ, verzeih mir, bitte! Ich wollte nie jemandem Schaden zufügen. Nie jemandem weh tun. Nie. Ich bin Mauro. Ein guter Mensch, ein Mörder geworden, ohne dass ich es wollte. Ich kann nichts wieder gutmachen. Nur um Vergebung bitten. Bitte! Bitte!"

Als winzig kleiner Punkt auf dem Meer trieb er dahin und schrie in die Nacht hinaus, in der ihn keiner hörte. Und irgendwann war seine Kraft verbraucht. Den Kampf mit den Elementen hatte Mauro verloren. Sein Leben, das ihm ein weiteres Mal geschenkt worden war, war vertan.

Er sagte Lebewohl und wusste nicht wem.

Epilog

In der Ferne waren Stimmen zu hören. Irgendetwas drückte in der Bauchgegend. Die Lippen waren voller Sand. Da draußen war eine Welt, zu der er keinen Zutritt hatte. Der Raum zwischen den Augen und den Lidern war unendlich. Wieder drückte irgendetwas, es schaukelte. Die Wiedergeburt?

Arme und Beine hatte er nicht mehr. Aus der Mitte des Leibes glühte ein schwaches Licht. Wenn es ausgeht, bist du tot.

„Hallo!"

Sie kommen schon und holen mich. Nur nicht das Licht ausblasen.

„He, du da, was ist mit dir?"

Er wurde umgedreht. Man rüttelte ihn.

„Einer von drüben", hörte er eine andere Stimme.

War das nicht Italienisch?

Das verklebte Auge ließ sich nicht öffnen.

Die Stimmen gehörten zu den beiden Wärtern, die an diesem Montagmorgen auf der unter Naturschutz stehenden Isola di Razzoli Dienst hatten und der Küste entlang auf Patrouille waren. Sie nahmen sich Mauro an, der mit seinem Unterleib im Schlauch eines Lastwagenreifens steckte. Der eine goss ihm Wasser über den Kopf und wusch ihm den Sand und die Algen aus dem Gesicht. Der andere fühlte den Puls und tastete die Hände und die Beine ab.

„Er ist unterkühlt. Wir müssen sofort Hilfe holen." Sie zogen ihn aus dem Wasser und legten ihn weiter oben in den Sand.

Das Patrouillenboot, das per Funk herbeigerufen wurde, war nach zehn Minuten da. Man legte ihn in Decken und hob ihn an Bord. Sie brachten ihn nach Palau. Dort wurde er auf der Sanitätsstation der Polizei versorgt. Sein Zustand besserte sich von Minute zu Minute. Er bekam warme Getränke und etwas zu essen. In Decken gewickelt saß er auf einer Pritsche und schlotterte am ganzen Leib. Ein Sergeant der italienischen Armee kam ins Krankenzimmer und befragte Mauro über seine Flucht von der Fremdenlegion, als deren Soldat er ihn an der Uniformhose identifizieren konnte. Mauro erstattete Bericht über seine Flucht.

„Das schaffen nicht viele", antwortete der Sergeant anerkennend. „Trotzdem muss ich Sie festnehmen. Sie befinden sich auf italienischem Staatsgebiet und werden, da Sie in einer fremden Armee gedient haben, laut der italienischen Verfassung als Deserteur betrachtet und, falls der Arzt, der Sie nachher noch untersuchen wird, nichts dagegen hat, in ein Militärgefängnis überstellt."

So geschah es. Mauro wurde nach Olbia gebracht und in der Kaserne der dort stationierten Truppen in Gewahrsam genommen, bevor er in ein Gefängnis auf der Insel Asinara gebracht wurde.

Er wurde zuvorkommend behandelt. Obwohl er gegen italienisches Gesetz verstoßen hatte, brachte man ihm Respekt entgegen.

„Ich werde dafür sorgen, dass es dir an nichts fehlt", sagte der Gefängniswärter zu Mauro, nachdem er sich zu ihm in die Zelle gesetzt hatte und sich von ihm Bruchstücke seiner Geschichte hatte erzählen lassen. „Kann ich noch etwas für dich tun?"

„Ja", antwortete Mauro, „bring mir ein Buch."

„Ein Buch? Warum nicht. Welches Buch möchtest du?"

Stephanie Keunecke
ICH MACHE JAGD AUF DICH - Thriller

Laura sitzt bei ihren Großeltern auf dem Dorf fest. Sie findet das Tagebuch ihrer Tante Marie, die mit 17 Jahren ermordet wurde. Marie war damals genauso alt wie Laura jetzt ist.
Nach und nach enthüllt sie Maries Geheimnisse und findet heraus, dass Marie einen Serienmörder jagte. Dieser Mann versetzte vor 40 Jahren die ganze Gegend in Angst und Schrecken. Er wurde nie überführt. Doch das könnte sich jetzt ändern, denn kurz vor ihrem Tod hat Marie einen entscheidenden Hinweis gefunden. Lauras Ermittlungen bleiben nicht unentdeckt. Der Mörder beginnt sich für sie zu interessieren. Denn Laura ist Marie wie aus dem Gesicht geschnitten …

386 Seiten, 15,5cm x 22cm
Taschenbuch ISBN 978-3-928249-35-5
e-Book ISBN 978-3-928249-36-2
Skript-Verlag 2023

Marie Molsberg
Was vom Schnee bleibt - Roman

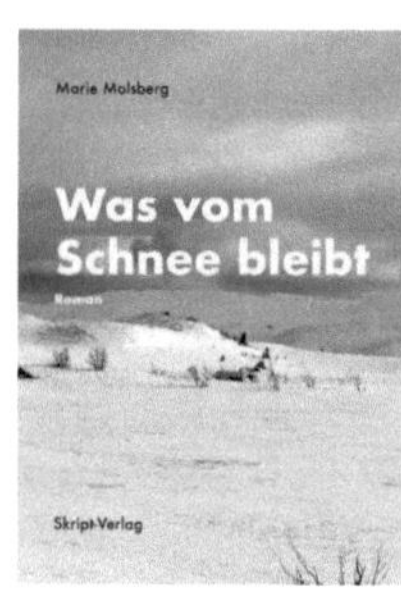

Vertrauen oder Kontrolle? Diese Frage hat Helen für sich schon lange entschieden. Perfekt organisiert verläuft ihr Alltag in vorhersehbaren, erfolgreichen Bahnen, bis sie Einar, ihre Liebe aus Studientagen, wiedertrifft. Er ist interessiert, sie sehr beunruhigt, Einar lädt sie ein, Helen zögert lange. Ihre Begegnungen in der Weite der norwegischen Winterlandschaft wecken in Helen tief verborgene Gefühle und stören ihr geordnetes Leben. Kann sie es wagen, sich auf so viel Nähe einzulassen? Alles spricht dagegen, besonders Einars dunkles Geheimnis, dass er erst offenbart, als ihm keine andere Wahl bleibt.

212 Seiten, 15,5cm x 22cm
Taschenbuch ISBN 978-3-928249-33-1
e-Book ISBN 978-3-928249-34-8
Skript-Verlag 2023

Empfohlen von der Literaturcommunity der **ZEIT**:
„Eins der sieben Bücher, die Ihr Leben verändern können.“

www.skript-verlag.de
Romane | Erzählungen | Kurzgeschichten | Lyrik | Pädagogik | Architektur